大 家
文 丛

深说外国人

老舍 著

孙之儒

[英]奥勃里·比亚兹莱
（Aubrey Beardsley）等画

零露 满岩 编

大连出版社
DALIAN PUBLISHING HOUSE

© 零露 满岩 2021

图书在版编目（CIP）数据

深说外国人 / 老舍著；零露, 满岩编. — 大连：大连
出版社，2021.3（2024.5重印）
（大家文丛）
ISBN 978-7-5505-1662-5

Ⅰ.①深… Ⅱ.①老… ②零… ③满… Ⅲ.①散文集—
中国—现代 Ⅳ.①I266

中国版本图书馆CIP数据核字(2021)第033733号

DAJIA WENCONG SHEN SHUO WAIGUOREN
大 家 文 丛 · 深 说 外 国 人

责任编辑：卢　锋　乔　丽
装帧设计：罗可一
责任校对：安晓雪
责任印制：温天悦

出版发行者：大连出版社
　　　　地址：大连市西岗区东北路161号
　　　　邮编：116016
　　　　电话：0411-83620573 / 83620245
　　　　传真：0411-83610391
　　　　网址：http://www.dlmpm.com
　　　　邮箱：dlcbs@dlmpm.com
印刷者：永清县晔盛亚胶印有限公司

幅面尺寸：145mm×210mm
印　　张：7.75
字　　数：137千字
出版时间：2021年3月第1版
印刷时间：2024年5月第2次印刷
书　　号：ISBN 978-7-5505-1662-5
定　　价：49.00元

出版说明

本丛书选录了老舍于20世纪20年代至60年代间写作的部分作品，包括小说、散文、杂文等，编为5本，即《大发议论》《闹咱们的脾气》《有家可回》《最苦是人生》《深说外国人》。每篇文章的后面，均标注了文章最初发表的年份、报刊，或写作的年代。

经过多方面考虑，丛书参照原文刊发时的版本，尽量忠实于原文，保持作品原汁原味的语言文字风格。例如，对"磁器"（今"瓷器"）、"洋磁"（今"洋瓷"）、"玩艺"（今"玩意"）、"叫劲"（今"较劲"）、"定婚"（今"订婚"）、"透澈"

（今"透彻"）等词语，都遵照老舍先生原文，没有按照今天的用法进行修改。

　　所选文章中，有个别字词可能会明显影响现在的读者对内容的理解，造成困惑，因此编者酌情进行了修改，例如"末一样"（意为"每一样"）、"模托儿"（意为"模特儿"）等，旨在使阅读更加顺畅。

　　对于原文中出现的一些异体字，我们按现代汉语规范进行了适当修改。对于"的""地""得"，原文中多用"的"，这也符合当时的情况，读者也能理解，我们基本不作改动。

　　对于原文中的标点符号，我们也是尽量不作改动。但对其中用法与今天差异特别大的，同时改后又不影响原文意思和情感表达的地方，进行了少量修改。

大连出版社编辑部

2021年3月

编者的话

　　刚做老舍先生这套书的时候，是因为被他文字中顶可爱的北京所迷住。后来发现顶可爱的不仅是北京，还有济南、成都、伦敦、纽约。爱上这些地方，同时也认识了这些地方的风物和人情，之后便有了和老舍先生笔下的人们相知的机会，他们的所思、所想、所爱、所憎，都成了我们认识现代社会周遭的参照物。

　　老舍先生发表文章始于20世纪20年代前后，到今天已历百年。老舍，对于中国人，是北京的标签，而对于外国人，他又是中国的标签。这个"老字号"出众的地方在于，他不是文物，一百年间，他始终是活的，能在我们每一个人的生活中重现，与我们的心共鸣。

从2018年起，我们便开始着手对老舍先生文章进行梳理，直到2020年的今日，世界都翻了个儿，从日新月异的欣欣向荣到当前的乱局，我们也从安静恬适的欣赏到可以把生活中的现实与作品对号入座。老舍先生文章的力量也逐渐显现了出来。

老舍作品给读者最突出的特点是幽默，而此次我们所编的这套丛书，试图向您呈现的却不止于此。在老舍先生众多的作品中，他的幽默既有"招笑"的白天，又有沉思的黑夜。前者是奉献给普罗大众的，后者则是留给他自己的挣扎。

有了先生给的那份幽默，苦便是百味人生中的寻常一味。任凭你是洋车夫、饭馆的老板，还是留洋的博士、大学教授，贫穷、孤独、病痛甚至战争，指不定哪碗苦水就会在前边等着你呢！生活是万难的！这是先生最有分量的人生经验，同时也是《最苦是人生》这本书的来历。读这书你虽笑不出，但却能使你遇到糟心事时不必非哭。有了这份坚韧，再加上点幽默，时候长了，生活自然会露出甜美。

　　老舍先生曾在《我怎样写〈赵子曰〉》中说，自己是"五四"一代的旁观者。从这个角度分析，先生这话并非只是自谦。从先生的履历中查到，1924年到1929年，新文化运动如火如荼之时，他在英国任教，地理的限制和教师的身份，使他无法成为没落文化的直接破坏者。这也许就是他对腐朽文化的否定会带着些幽默色彩的原因吧。因此，与同期其他先锋作家相比，老舍先生的文章有一个非常突出的特点：对于人性中的坏，除了批判，他还会加上些诙谐的理解，让坏人坏得有理由。愚昧执拗的王老太太、媚洋的毛博士、穿戴风光却摆不平太太们的毛毛虫、笃信诚实的周文祥、诚爽怜爱年轻姑娘的老者刘兴仁、乐天走运的牛老者……这些可笑、可悲、可爱、可怜的小人物，展现了社会各阶层中国人的百态。

　　老舍先生曾讲，幽默的人只会悲观，因为他最后的领悟是人生的矛盾。这一点，我的很多"舍迷"朋友都注意到了。在一次和李六乙先生的交谈中，他讲道："老舍先生语言的魅力，并不只在于'使人们一看就笑起来'，而是会'永远不忘'，这才是上等的幽默。"

对于中国文化中那些旧有的顽疾，老舍先生既有唾弃的态度，同时又能感觉到他那"笑骂，而又不赶尽杀绝"的心怀。老舍先生曾说："苦人的懒是努力而落了空的自然结果，苦人的耍刺儿含有一些公理。"这是老舍先生为祥子们的辩护，更是对当时社会制度不公的不满。这也正是《闹咱们的脾气》这本书的主张。

在中国的作家中，老舍先生是为数不多的平民出身而又留洋的作家，这样的经历使他的作品对于普通读者来讲代入感很强。老舍先生有这样一段话："我颇有几位交情很好的外国朋友，他们可分为两派：一派是以为中国的一切都要不得。假若中国人还不赶快一律变成英国人或美国人，则中国在一眨眼的工夫就会灭亡。另一派恰恰是与此相反。他们以为只要中国还有一架钢琴，或还有一个穿西装的人，中国就永无半点希望。"他的这段话给了我们不小的策划灵感。眼下，国际交往日益增多，人们和外国人打交道的机会也多了起来，好看的西洋景和价值观的冲突不时地互换主次，所以，通过老舍先生的作品了解一百年前中国人在西方的处境，对于身处中西方文化交融中的我们是非常有意义的。《深说外国人》

一书正是基于这种想法而诞生的。

审读老舍先生这套书的编辑们有一个共识，对于文学作品而言，特别是在百年之后，按照现代汉语用法进行修改不妥，搞不好就成了篡改。后来听朋友讲，老舍先生最痛恨编辑改他的文字，为此还放狠话。

话说在编辑《有家可回》的过程中有一个非常有意思的插曲。老舍先生文中用了很多分号，但按照现代汉语的习惯，这些地方大都应使用逗号，因此，编辑自然就改动了。一天，一位编辑拿来1931年先生发表在《齐大月刊》上的散文《一些印象》，文中竟然把分号捧成"那俊美的"，把强调语气的叹号描画成"那泪珠滚滚的"，这太有趣了！由此，大家再不敢在先生的文章上造次，当然，受牵连的还有"的地得"们，一下又回到了一百年前白勺"的"的时代。

为了编好这套文丛，动笔之前，我们先后对长期从事老舍作品研究的教授、人艺的编剧、导演，老舍先生的研究者以及他的旧友进行了走访。让我们记忆最深的是人艺的编剧梁秉堃先生，见面的地点是一家英式咖啡馆，是梁老选的。他向我们问候的第一句话，带着浓浓的北京腔："舒先生的事儿，我肯定得来！"让人听后，感觉千斤的重量落在了心上。
接下来是梁老整整一个上午的"舒先生时光"，心下想，不把
这套书做好，怎么和老先生交代呀！

　　提炼老舍先生的思想精髓是我们编这套书的初衷。制作
的过程远比我们之前的想象困难得多，但由此得到的启发也
不少。在编书的过程中，我们试图找到一些和先生同一时期
的画家的画作，如果能同台呈现，对读者理解老舍先生的思
想将会有很大帮助。为此，我们拜访了老舍先生的生前好友
孙之僎先生的女儿孙燕华老师。孙老师听了我们对这套书的
介绍后，立刻请秘书取来孙先生的画册，亲手将其交到我们
的手上，并嘱咐我们，只要能把前辈们的精神传承下去，其
他的都不必考虑。这份情谊至今让我们深受感召。

　　同样要感谢的还有丰子恺先生的画作。子恺先生以洞察
生活，给生活赋予柔情和禅意见长。此次编排，我们试着将
南派的子恺漫画与北派的老舍作品相融合。让南北文化牵手，
会让很多人感觉鲁莽，搞不好就会生出"强扭的瓜"。为此，
在长达一年多的尝试中，我们如履薄冰。冒险的旅途既艰苦
又令人兴奋，在选图的过程中，我们不但没有感到南北文化

的相互冒犯，反倒是共鸣、共情的感觉频频出现。这是我们作为编者的收获，也希望成为读者别样的阅读体验。

老舍先生的作品写的大多数是普通人的故事，写得那么有趣，为什么就没有在百姓中风靡过，而是仅仅止步于小众呢？是现代读者的眼睛不够上等，还是先生的幽默过于上等？读者和作品之间的鸿沟是否存在？如若存在，这是一个什么样的隔膜呢？我们又将如何去融合二者之间的关系呢？一百年前的作品能否被当代人接受？类似的担忧在我们编书的过程中随时可见，驱之不散。

记得在《马裤先生》一文的选取上，我们是非常犹豫的。那个对茶房吆三喝四的马裤先生，生活中不但有，很多时候还被当成笑料。再现丑陋，我觉得毫无意义，于是就从目录中删掉了这篇。一日，下午茶时，和远在纽约的女儿提到此事，没想到她回我一句："勇者愤怒，抽刃向更强者；怯者愤怒，却抽刃向更弱者。"这是鲁迅先生在杂文《华盖集》中的话，一个留洋的年轻人能随口给出这样的注解，实在不能不让我兴奋。从女儿的口中挖到了《马裤先生》的现实意义，无疑也就找到了老舍文学与当代人的纽带。由此事看来，"新人类"不但有上等的眼睛，而且他们还有上等的记忆和理解力。

自2019年年底暴发新冠疫情至今，短短数月间，世界的局势就翻转了数遍。外交、军事、经济、意识形态……哪里还有不变的地方呢？而更令人错愕的是，这些变化居然都在老舍先生的文章里发生过！"这种事老舍先生早写过！"这是审读这套丛书的编辑们最突出的感受。我们也因此相信，老舍作品的价值，并不是依托人的记忆力而存在的，他的不朽是通过超越时代的高远洞察力而实现的。

2003年，英国政府将一块蓝色的牌匾挂在了伦敦街道的一栋公寓上，上面写着"老舍，一位中国作家，1925年到1928年间曾在这里居住"。而能让伦敦记住，拥有蓝色牌匾的人物屈指可数。世界都不忘老舍，我们又怎能忘他！

零　露

2020年 岁末 于北京家中

目录

第二篇　小说版

第一篇

真人版

自然，这种独立的精神是由资本主义的

社会制度逼出来的

避暑

一个人在海岸上溜，尊夫人能放心吗？

　　英美的小资产阶级，到夏天若不避暑，是件很丢人的事。于是，避暑差不多成为离家几天的意思，暑避了与否倒不在话下。城里的人到海边去，乡下人上城里来；城里若是热，乡下人干吗来？若是不热，城里的人为何不老老实实的在家里歇着？这就难说了。再看海边吧，各样杂耍，似赶集开庙一般，男女老幼，闹闹吵吵，比在家中还累得慌。原来暑本无须避，而面子不能不圆上；夏天总得走这么几日，要不然便受不了亲友的盘问。谁也知道，海边的小旅馆每每一间小屋睡大小五口；这只好尽在不言中。

　　手中更富裕的，讲究到外国来。这更少与避暑有关。巴

作者：孙之儁。原载1940年7月2日《新民报》半月刊第2卷第14期。

黎夏天比伦敦热得多，而巴黎走走究竟体面不小。花几个钱，长些见识，受点热也还值得。可是咱们这儿所说的人们，在未走以前已经决定好自己的文化比别国高，而回来之后只为增高在亲友中的身分——"刚由巴黎回来；那群法国人！"

到中国做事的西人，自然更不能忘了这一套。在北戴河，有三家凑赁一所小房的，住上二天，大家的享受正如圈里的羊。自然也有很阔气的，真是去避暑；可是这样的人大概在哪里也不见得感到热，有钱呀。有钱能使鬼推磨，难道不能使鬼做冰激凌吗？这总而言之，都有点装着玩。外国人装蒜，中国人要是不学，便算不了摩登。于是自从皇上被免职以后，中国人也讲究避暑。北平的西山，青岛，和其他的地方，都和洋钱有同样的响声。还有特意到天津或上海玩玩的，也归在避暑项下；谁受罪谁知道。

暑，从哲学上讲，是不应当避的。人要把暑都避了，老天爷还要暑干吗？农人要都去避暑，粮食可还有的吃？再退一步讲，手里有钱，暑不可不避，因为它暑。这自然可以讲得通，不过为避暑而急得四脖子汗流，便大可以不必。到避暑期间而闹得人仰马翻，便根本不如在家里和谁打上一架。

所以我的避暑法便很简单——家里蹲。第一不去坐火车；为避暑而先坐二十四小时的特别热车，以便到目的地去治上吐下泻，我就不那么傻。第二不扶老携幼去张心：比如上山，带着四个小孩，说不定会有三个半滚了坡的。山上的空气确是清新，可是下得山来，孩子都成了瘫子，也与教育宗旨不甚相合。即使没有摔坏，反正还不吓一身汗？这身汗哪里出不了，单上山去出？第三不用搬家。你说，一家大小都去避暑，得带多少东西？即使出发的时候力求简单，到了地方可就明白过来，啊，没有给小二带乳瓶来！买去吧，哼，该买的东西多了！三叔的固元膏忘下了，此处没有卖的，而不贴则三叔就泻肚；得发快信托朋友给寄！及至东西都慢慢买全，也该回家了，往回运吧，有什么可说的！

一个人去自然简单些，可是你留神吧，你的暑气还没落下去，家里的电报到了——急速回家！赶回来吧，原来没事，只是尊夫人不放心你！本来吗，一个人在海岸上溜，尊夫人能放心吗？她又不是没看过美人鱼的照片。

大家去，独自去，都不好；最好是不去。一动不如一静，心静自然凉。况且一切应用的东西都在手底下：凉席，竹枕，蒲扇，烟卷，万应锭，小二的乳瓶……要什么伸手即得，这就是个乐子。渴了有绿豆汤，饿了有烧饼，闷了念书或作两句诗。早早的起来，晚晚的睡，到了晌午再补上一大觉；光脚没人管，赤背也不违警章，喝几口随便，喝两盅也行。有风便荫凉下坐着，没风则勤扇着，暑也可以避了。

这种避暑有两点不舒服：（一）没把钱花了；（二）怕人问你。都有办法：买点暑药送苦人，或是赈灾，即使不是有心积德，到底钱是不必非花在青岛不可的。至于怕有人问，你可以不见客，等秋来的时候，他们问你，很可以这样说："老没见，上莫干山住了三个多月。"如能把孩子们嘱咐好了，或者不至漏了底。

原载1934年8月1日《论语》第四十六期

头一天

英国人也是这样。脸板得要哭似的，心中
可是很幽默，很会讲话

　　那时候，（一晃儿十年了！）我的英语就很好。我能把它
说得不像英语，也不像德语，细听才听得出——原来是"华
英官话"。那就是说，我很艺术的把几个英国字匀派在中国字
里，如鸡兔之同笼。英国人把我说得一楞一楞的，我可也把
他们说得直眨眼；他们说的他们明白，我说的我明白，也就
很过得去了。

　　……

　　给它个死不下船，还有错儿么？！反正船得把我运到伦
敦去，心里有底！

　　果然一来二去的到了伦敦。船停住不动，大家都往下搬

行李，我看出来了，我也得下去。什么码头？顾不得看；也不顾问，省得又招人们眨眼。检验护照。我是末一个——英国人不像咱们这样客气，外国人得等着。等了一个多钟头，该我了。两个小官审了我一大套，我把我心里明白的都说了，他俩大概没明白。他们在护照上盖了个戳儿，我"看"明白了："准停留一月Only"。（后来由学校呈请内务部把这个给注销了，不在话下。）管它Only还是"哼来"，快下船哪，别人都走了。敢情还得检查行李呢。这回很干脆："烟？"我说"no"；"丝？"又一个"no"。皮箱上画了一道符，完事。我的英语很有根了，心里说。看别人买车票，我也买了张；大家走，我也走；反正他们知道上哪儿。他们要是走丢了，我还能不陪着么？上了火车。火车非常的清洁舒服。越走，四外越绿，高高低低全是绿汪汪的。太阳有时出来，有时进去，绿地的深浅时时变动。远处的绿坡托着黑云，绿色特别的深厚。看不见庄稼，处处是短草，有时看见一两只摇尾食草的牛。这不是个农业国。

走着走着，绿色少起来，看见了街道房屋，街道上走动着红色的大汽车。再走，净是房屋了，全挂着烟尘，好像熏过了的伦敦了。我想起幼年所读的地理教科书。

……

车停在Cannon Street。大家都下来，站台上不少接客的男女，接吻的声音与姿式各有不同。我也慢条斯理的下来；上哪儿呢？啊，来了救兵，易文思教授向我招手呢。他的中国话比我的英语应多着九十多分。他与我一人一件行李，走向地道车站去；有了他，上地狱也不怕了。坐地道火车到了Liverpool Street。这是个大车站，把行李交给了转运处，他们自会给送到家去。然后我们喝了杯啤酒，吃了块点心。车站上，地道里，转运处，咖啡馆，给我这么个印象：外面都是乌黑不起眼，可是里面非常的清洁有秩序。后来我慢慢看到，英国人也是这样。脸板得要哭似的，心中可是很幽默，很会讲话。他们慢，可是有准。易教授早一分钟也不来；车进了站，他也到了。他想带我上学校去，就在车站的外边。想了想，又不去了，因为这天正是礼拜。他告诉我，已给我找好了房，而且是和许地山在一块。我更痛快了，见了许地山还有什么事作呢，除了说笑话？

　　……

　　易教授住在Barnet，所以他也在那里给我找了房。这虽在"大伦敦"之内，实在是属Hertfordshire，离伦敦有十一哩，坐快车得走半点多钟。我们就在原车站上了车，赶到车快到目的地，又看见大片的绿草地了。下了车，易先生笑了。

说我给带来了阳光。果然，树上还挂着水珠，大概是刚下过雨去。

……

正是九月初的天气，地上潮阴阴的，树和草都绿得鲜灵灵的。由车站到住处还要走十分钟。街上差不多没有什么行人，汽车电车上也空空的。礼拜天。街道很宽，铺户可不大，都是些小而明洁的，此处已没有伦敦那种乌黑色。铺户都关着门，路右边有一大块草场，远处有一片树林，使人心中安静。

……

最使我忘不了的是一进了胡同：Carnarvon Street。这是条不大不小的胡同。路是柏油碎石子的，路边上还有些流水，因刚下过雨去。两旁都是小房，多数是两层的，瓦多是红色。走道上有小树，多像冬青，结着红豆。房外二尺多的空地全种着花草，我看见了英国的晚玫瑰。窗都下着帘，绿蔓有的爬满了窗沿。路上几乎没人，也就有十点钟吧，易教授的大皮鞋响声占满了这胡同，没有别的声。那些房子实在不是很体面，可是被静寂，清洁，花草，红绿的颜色，雨后的空气与阳光，给了一种特别的味道。它是城市，也是村庄，它本是在伦敦作事的中等人的居住区所。房屋表现着小市民气，可是有一股清香的气味，和一点安适太平的景象。

……

　　将要作我的寓所的也是所两层的小房，门外也种着一些花，虽然没有什么好的，倒还自然；窗沿上悬着一两枝灰粉的豆花。房东是两位老姑娘，姐已白了头，胖胖的很傻，说不出什么来。妹妹作过教师，说话很快，可是很清晰，她也有四十上下了。妹妹很尊敬易教授，并且感谢他给介绍两位中国朋友。许地山在屋里写小说呢，用的是一本油盐店的账本，笔可是钢笔，时时把笔尖插入账本里去，似乎表示着力透纸背。

……

　　房子很小：楼下是一间客厅，一间饭室，一间厨房。楼上是三个卧室，一个浴室。由厨房出去，有个小院，院里也有几棵玫瑰，不怪英国史上有玫瑰战争，到处有玫瑰，而且种类很多。院墙只有点矮矮的木树，左右邻家也有不少花草，左手里的院中还有几株梨树，挂了不少果子。我说"左右"，因自从在上海便转了方向，太阳天天不定由哪边出来呢！

……

　　这所小房子里处处整洁，据地山说，都是妹妹一个人收拾的；姐姐本来就傻，对于工作更会"装"傻。他告诉我，

作者：［英］奥勃里·比亚兹莱（Aubrey Beardsley）。
《外交手腕》中班克罗夫特夫人速写，1893年。

她们的父亲是开面包房的，死时把买卖给了儿子，把两所小房给了二女。姊妹俩卖出去一所，把钱存起吃利；住一所，租两个单身客，也就可以维持生活。哥哥不管她们，她们也不求哥哥。妹妹很累，她操持一切；她不肯叫住客把硬领与袜子等交洗衣房：她自己给洗并烫平。在相当的范围内，她没完全商业化了。

易先生走后，姐姐戴起大而多花的帽子，去作礼拜。妹妹得作饭，只好等晚上再到教堂去。她们很虔诚；同时，教堂也是她们唯一的交际所在。姐姐并听不懂牧师讲的是什么，地山告诉我。路上慢慢有了人声，多数是老太婆与小孩子，都是去礼拜的。偶尔也跟着个男人，打扮得非常庄重，走路很响，是英国小绅士的味儿。邻家有弹琴的声音。

……

饭好了，姐姐才回来，傻笑着。地山故意的问她，讲道的内容是什么？她说牧师讲的很深，都是哲学。饭是大块牛肉。由这天起，我看见牛肉就发晕。英国普通人家的饭食，好处是在干净；茶是真热。口味怎样，我不敢批评，说着伤心。

……

饭后，又没了声音。看着屋外的阳光出没，我希望点蝉声，没有。什么声音也没有。连地山也不讲话了。寂静使我想起家来，开始写信。地山又拿出账本来，写他的小说。

……

伦敦边上的小而静的礼拜天。

原载1934年8月《良友画报》第九十二期

取钱

你猜怎么样，二哥，洋鬼子笑得更下贱了

　　我告诉你，二哥，中国人是伟大的。就拿银行说吧，二哥，中国最小的银行也比外国的好，不冤你。你看，二哥，昨儿个我还在银行里睡了一大觉。这个我告诉你，二哥，在外国银行里就做不到。

　　那年我上外国，你不是说我随了洋鬼子吗？二哥，你真有先见之明。还是拿银行说吧，我亲眼得见，洋鬼子再学一百年也赶不上中国人。洋鬼子不够派儿。好比这么说吧，二哥，我在外国拿着张十镑钱的支票去兑现钱。一进银行的门，就是柜台，柜台上没有亮亮的黄铜栏杆，也没有大小的铜牌。二哥你看，这和油盐店有什么分别？不够派儿。再说人吧，柜台里站着好几个，都那么光梳头，净洗脸的，脸上还笑着；这多下贱！把支票交给他们谁也行，谁也是先问你早安或午安；太不够派儿了！拿过支票就那么看一眼，紧跟着就问："怎么拿？先生！"还是笑着。哪道买卖人呢？！叫"先生"还不够，必得还笑，洋鬼子脾气！我就说了，二哥："四个一镑的单张，五镑的一张，一镑零的；零的要票子和钱两样。"要按理说，二哥，十镑钱要这一套啰哩啰嗦，你讨厌不，假若二哥你是银行的伙计？你猜怎么样，二哥，洋鬼子笑得更下贱了，好像这样麻烦是应当应分。喝，登时从柜台下面抽出簿子来，刷刷的就写；写完，又一伸手，钱是钱，票子是票子，没有一眨眼的工夫，都给我数出来了；紧跟着便是："请点一点，先生！"又是一个"先生"，下贱，不懂得买卖规矩！点完了钱，我反倒楞住了，好像忘了点什么。对了，我并没忘了什么，是奇怪洋鬼子干事——况且是堂堂的大银行——为什么这样快？赶丧哪？真他妈的！

二哥，还是中国的银行，多么有派儿！我不是说昨儿个去取钱吗？早八点就去了，因为现在天儿热，银行八点就开门；抓个早儿，省得大晌午的劳动人家；咱们事事都得留个心眼，人家有个伺候得着与伺候不着，不是吗？到了银行，人家真开了门，我就心里说，二哥：大热的天，说什么时候开门就什么时候开门，真叫不容易。其实人家要楞不开一天，不是谁也管不了吗？一边赞叹，我一边就往里走。喝，大电扇呼呼的吹着，人家已经都各按部位坐得稳稳当当，吸着烟卷，按着铃要茶水，太好了，活像一群皇上，太够派儿了。我一看，就不好意思过去，大热的天，不叫人家多歇会儿，未免有点不知好歹。可是我到底过去了，二哥，因为怕人家把我撵出去；人家看我像没事的，还不撵出来么？人家是银行，又不是茶馆，可以随便出入。我就过去了，极慢的把支票放在柜台上。没人搭理我，当然的。有一位看了我一眼，我很高兴；大热的天，看我一眼，不容易。二哥，我一过去就预备好了：先用左腿金鸡独立的站着，为是站乏了好换腿。左腿立了有十分钟，我很高兴我的腿确是有了劲。支持到十二分钟我不能不换腿了，于是就来个右金鸡独立。右腿也不弱，我更高兴了，嗨，爽性来个猴啃桃吧，我就头朝下，顺着柜台倒站了几分钟。翻过身来，大家还没动静，我又翻了十来个跟头，打了些旋风脚。刚站稳了，过来一位；心里说：我还没练两套拳呢；这么快？那位先生敢情是过来吐口痰，我补上了两套拳。拳练完了，我出了点汗，很痛快。又站了会儿，一边喘气，一边欣赏大家的派头——真稳！很想给他们喝个彩。八点四十分，过来一位，脸上要下雨，眉毛上满是黑云，看了我一眼。我很难过，大热的天，来给人家添麻烦。他看了支票一眼，又看了我一眼，好像断定我和支票像亲哥儿俩不像。我很想把脑门子上签个字。他连大气没出把支票拿了走，扔给我一面小铜牌。我直说："不忙，不忙！今天要不合适，我明天再来；明天立秋。"我是真怕把他气死，大热的天。他还是没理我，真够派儿，使我肃然起敬！

拿着铜牌，我坐在椅子上，往放钱的那边看了一下。放钱的先生——一位像屈原的中年人——刚按铃要鸡丝面。我一想：工友传达到厨房，厨子还得上街买鸡，凑巧了鸡也许还没长成个儿；即使顺当的买着鸡，面也许还没磨好。说不定，这碗鸡丝面得等三天三夜。放钱的先生当然在吃面之前决不会放钱；大热的天，腹里没食怎能办事。我觉得太对不起人了，二哥！心中一懊悔，我有点发困，靠着椅子就睡了。睡得挺好，没蚊子也没臭虫，到底是银行里！一闭眼就睡了五十多分钟；我的身体，二哥，是不错了！吃得饱，睡得着！偷偷的往放钱的先生那边一看，（不好意思正眼看，大热的天，赶劳人是不对的！）鸡丝面还没来呢。我很替他着急，肚子怪饿的，坐着多么难受。他可是真够派儿，肚子那么饿还不动声色，没法不佩服他了，二哥。

大概有十点左右吧，鸡丝面来了！"大概"，因为我不肯看壁上的钟——大热的天，表示出催促人家的意思简直不够朋友。况且我才等了两点钟，算得了什么。我偷偷的看人家吃面。他吃得可不慢。我觉得对不起人。为兑我这张支票再逼得人家噎死，不人道！二哥，咱们都是善心人哪。他吃完了面，按铃要手巾把，然后点上火纸，咕噜开小水烟袋。我这才放心，他不至于噎死了。他又吸了半点多钟水烟。这时候，二哥。等取钱的已有了六七位，我们彼此对看，眼中都带出对不起人的神气，我要是开银行，二哥，开市的那天就先枪毙俩取钱的，省得日后麻烦。大热的天，取哪门子钱？！不知好歹！

十点半，放钱的先生立起来伸了伸腰。然后捧着小水烟袋和同事的低声闲谈起来。我替他抱不平，二哥，大热的天，十时半还得在行里闲谈，多么不自由！凭他的派儿，至少该上青岛避两月暑去；还在行里，还得闲谈，哼！

十一点，他回来，放下水烟袋，出去了；大概是去出恭。十一点半才回来。大热的天，二哥，人家得出半点钟的恭，多不容易！再说，十一点半，他居然拿起笔来写账，看支票。我直要过去劝告他不必着急。大热的天，为几个取钱的得点病才合不着。到了十二点，我决定回家，明天再来。我刚要走，放钱的先生喊："一号！"我真不愿过去，这个人使我失望！才等了四点钟就放钱，派儿不到家！可是，他到底没使我失望！我一过去，他没说什么，只指了指支票的背面。原来我忘了在背后签字，他没等我拔下自来水笔来，说了句："明天再说吧。"这才是我所希望的！本来吗，人家是一点关门；我补签上字，再等四点钟，不就是下午四点了吗？大热的天，二哥，人家能到时候不关门？我收起支票来，想说几句极合适的客气话，可是他喊了"二号"；我不能再耽误人家的工夫，决定回家好好的写封道歉的信！二哥，你得开开眼去，太够派儿！

原载1934年10月1日《论语》第五十期

还想着它

它是实在的，同时可以是童话的，原始的，

浪漫的

　　钱在我手里，也不怎么，不会生根。我并不胡花，可是钱老出去的很快。据相面的说，我的缝指太宽，不易存财；到如今我还没法打倒这个讲章。在德法意等国跑了一圈，心里很舒服了，因为钱已花光。钱花光就不再计划什么事儿，所以心里舒服。幸而巴黎的朋友还拿着我几个钱，要不然哪，就离不了法国。这几个钱仅够买三等票到新加坡的。那也无法，到新加坡再讲吧。反正新加坡比马赛离家近些，就是这个主意。

　　上了船，袋里还剩下十几个佛郎，合华币大洋一元有余；多少不提，到底是现款。船上遇见了几位留法回家的"国留"——复杂着一点说，就是留法的中国学生。大家一见如故。不大会儿的工夫，大家都彼此明白了经济状况；最阔气的是位姓李的，有二十七个佛郎；比我阔着块巴来钱。大家把钱凑在一处，很可以买瓶香槟酒，或两枝不错的吕宋烟。我们既不想喝香槟或吸吕宋，连头发都决定不去剪剪，那么，我们到底不是赤手空拳，干吗不快活呢？大家很高兴，说得也投缘。有人提议：到上海可以组织个银行。他是学财政的。我没表示什么，因为我的船票只到新加坡；上海的事先不必操心。

船上还有两位印度学生，两位美国华侨少年，也都挺和气。两位印度学生穿得满讲究，也关心中国的事。在开船的第三天早晨，他俩打起来：一个弄了个黑眼圈，一个脸上挨了一鞋底。打架的原因：他俩分头向我们诉冤，是为一双袜子。也不是谁卖给谁，穿了（或者没穿）一天又不要了，于是打起活来。黑眼圈的除用湿手绢捂着眼，一天到晚嘟囔着："在国里，我吐痰都不屑于吐在他身上！他脏了我的鞋底！"吃了鞋底的那位就对我们讲："上了岸再说；揍他，勒死，用小刀子捅！"他俩不再和我们讨论中国的问题，我们也不问甘地怎样了。

那两位华侨少年中的一位是出来游历：由美国到欧洲大

陆，而后到上海，再回家。他在柏林住了一天，在巴黎住了一天，他告诉我，都是停在旅馆里，没有出门。他怕引诱。柏林巴黎都是坏地方，没意思，他说。到了马赛，他丢了一只皮箱。那一位少年是干什么的，我不知道。他一天到晚想家。想家之外，便看法国姑娘。而后告诉那位出来游历的："她们都钓我呢！"

所谓"她们"，是七八个到安南或上海的法国舞女，最年轻的不过才三十多岁。三等舱的食堂永远被她们占据着。她们吸烟，吃饭，抢大腿，练习唱，都在这儿。领导的是个五十多岁的小干老头儿，脸像个干橘子。她们没事的时候也还光着大腿，有俩小军官时常和她们弄牌玩。可是那位少年老说她们关心着他。

三等舱里不能算不热闹，舞女们一唱就唱两个多钟头。那个小干老头儿似乎没有夸奖她们的时候，差不多老对她们喊叫。可是她们也不在乎。她们唱或抢腿，我们就瞎扯，扯腻了便到甲板上过过风。我们的茶房是中国人，永远蹲在暗处，不留神便踩了他的脚。他卖一种黑玩艺儿，五个佛郎一小包，舞女们也有买的。

二十多天就这样过去：听唱，看大腿，瞎扯，吃饭。舱中老是这些人，外边老是那些水。没有一件新鲜事，大家的脸上眼看着往起长肉，好像一船受填时期的鸭子。坐船是件苦事，明知光阴怪可惜，可是没法不白白扔弃。书读不下去，海是看腻了，话也慢慢的少起来。我的心里还悬虚着：到新加坡怎办呢？

就在那么心里悬虚一天的，到了新加坡。再想在船上吃，是不可能了，只好下去。雇上洋车，不，不应当说雇上，是坐上；此处的洋车夫是多数不识路的，即使识路，也听不懂我的话。坐上，用手一指，车夫便跑下去。我是想上商务印书馆。不记得街名，可是记得它是在条热闹街上；上欧洲去的时候曾经在此处玩过一天。洋车一直跑下去，我心里说：商务印书馆要是在这条街上等着我，便是开门见喜；它若不在这条街上，我便玩完。事情真凑巧，商务馆果然等着我呢。说不定还许是临时搬过来的。

这就好办了。进门就找经理。道过姓字名谁，马上问有什么工作没有。经理是包先生，人很客气，可是说事情不大易找。他叫我去看看南洋兄弟烟草公司的黄曼士先生——在地面上很熟，而且好交朋友。我去见黄先生，自然是先在商务馆吃了顿饭。黄先生也一时想不到事情，可是和我成了很好的朋友；我在新加坡，后来，常到他家去吃饭，也常一同出去玩。他是个很可爱的人。他家给他寄茶，总是龙井与香片两样，他不喜喝香片，便都归了我；所以在南洋我还有香片茶吃。不过，这都是后话。我还得去找事，不远就是中华书局，好，就是中华书局吧。经理徐采明先生至今还是我的好朋友。倒不在乎他给找着个事作，他的人可爱。见了他，我说明来意。他说有办法。马上领我到华侨中学去。这个中学离街市至少有十多里，好在公众汽车（都是小而红的车，跑得飞快）方便，一会儿就到了。徐先生替我去吆喝。行了，他们正短个国文教员。马上搬来行李，上任大吉。有了事作，心才落了实，花两毛钱买了个大柚子吃吃。然后支了点钱，买了条毯子，因为夜间必须盖上的。买了身白衣裳，中不中，西不西，自有南洋风味。赊了部《辞源》；教书不同自己读书，字总得认清了——有好些好些字，我总以为认识而实在念不出。一夜睡得怪舒服；新《辞源》摆在桌上被老鼠啃坏，是美中不足。预备用皮鞋打老鼠，及至见了面，又不想多事了，老鼠的身量至少比《辞源》长，说不定还许是仙鼠呢，随它去吧。老鼠虽大，可并不多。讲多是壁虎。到处是它们：棚上墙上玻璃杯里——敢情它们喜甜味，盛过汽水的杯子总有它们来照顾一下。它们还会唱，吱吱的，没什么好听，可也不十分讨厌。

　　天气是好的。早半天教书，很可以自自然然的，除非在堂上被学生问住，还不至于四脖子汗流的。吃过午饭就睡大觉，热便在暗中渡过去。六点钟落太阳，晚饭后还可以作点工，壁虎在墙上唱着。夜间必须盖条毯子，可见是不热；比起南京的夏夜，这里简直是仙境了。我很得意，有薪水可拿，而夜间还可以盖毯子，美！况且还得冲凉呢，早午晚三次，在自来水龙头下，灌顶浇脊背，也是痛快事。

可是，住了不到几天，我发烧，身上起了小红点。平日我是很勇敢的，一病可就有点怕死。身上有小红点哟，这玩艺儿，痧疹归心，不死才怪！把校医请来了，他给了我两包金鸡纳霜，告诉我离死还很远。吃了金鸡纳霜，睡在床上，既然离死很远，死我也不怕了，于是依旧勇敢起来。早晚在床上听着户外行人的足声，"心眼"里制构着美的图画：路的两旁杂生着椰树槟榔；海蓝的天空；穿白或黑的女郎，赤着脚，趿拉着木板，嗒嗒的走，也许看一眼树丛中那怒红的花。有诗意呀。矮而黑的锡兰人，头缠着花布，一边走一边唱。躺了三天，颇能领略这种浓绿的浪漫味儿，病也就好了。

一下雨就更好了。雨来得快，止得快，沙沙的一阵，天又响晴，路上湿了，树木绿到不能再绿。空气里有些凉而浓厚的树林子味儿，马上可以穿上夹衣。喝碗热咖啡顶那个。

学校也很好。学生们都会听国语，大多数也能讲得很好。他们差不多都很活泼。因为下课后便不大穿衣，身上就黑黑的，健康色儿。他们都很爱中国，愿意听激烈的主张与言语。他们是资本家——大小不同，反正非有俩钱不能入学读书——的子弟，可是他们愿打倒资本家。对于文学，他们也爱最新的，自己也办文艺刊物的。他们对先生们不大有礼貌，可不是故意的；他们爽直。先生们若能和他们以诚相见，他们便很听话。可惜有的先生爱耍些小花样！学生们不奢华。一身白衣便解决了衣的问题；穿西服受洋罪的倒是先生们，因为先生们多是江浙与华北的人，多少习染了上海的派头儿。吃也简单，除了爱吃刨冰，他们并不多花钱。天气使衣食住都简单化了。以住说吧，有个床，有条毯子，便可以过去。没毯子，盖点报纸，其实也可以将就。再有个自来水管，作冲凉之用，便万事亨通。还有呢，社会是个工商社会，大家不讲究穿，不讲究排场，也不讲究什么作诗买书，所以学生自然能俭朴。从一方面说，这个地方没有上海或北平那样的文化；从另一方面说，它也没有酸味的文化病。此地不能产生《儒林外史》。自然，大烟窑子等是有的，可是学生还不至于干这些事儿。倒是有内地的先生们觉得苦闷，没有社会。事业都在广东福建人手里，当教员的没有地位，也打不进广东或福建人的圈里去。教员似乎是一些高等工人，雇来的；出钱办学的人们没有把他们放在心里。玩的地方也没有，除了电影，没有可看的。所以住到三个月，我就有点厌烦了。别人也这么说。还拿天气说吧，老那么好，老那么好，没有变化，没有春夏秋冬，这就使人生厌。况且别的事儿也是死板板的没变化呢。学生们爱玩球，爱音乐，倒能有事可作。先生们在休息的时候，只能弄点汽水闲谈。我开始写《小坡的生日》。

本来我想写部以南洋为背景的小说。我要表扬中国人开发南洋的功绩：树是我们栽的，田是我们垦的，房是我们盖的，路是我们修的，矿是我们开的。都是我们作的。毒蛇猛兽，荒林恶瘴，我们都不怕。我们赤手空拳打出一座南洋来。我要写这个。我们伟大。是的，现在西洋人立在我们头上。可是，事业还仗着我们。我们在西人之下，其他民族之上。假如南洋是个糖烧饼，我们是那个糖馅。我们可上可下。自要努力使劲，我们只有往上，不会退下。没有了我们，便没有了南洋；这是事实，自自然然的事实。马来人什么也不干，只会懒。印度人也干不过我们。西洋人住上三四年就得回家休息，不然便支持不住。干活是我们，作买卖是我们，行医当律师也是我们。住十年，百年，一千年，都可以，什么样的天气我们也受得住，什么样的苦我们也能吃，什么样的工作我们有能力去干。说手有手，说脑子有脑子。我要写这么一本小说。这不是英雄崇拜，而是民族崇拜。所谓民族崇拜，不是说某某先生会穿西装，讲外国话，和懂得怎样给太太提着小伞。我是要说这几百年来，光脚到南洋的那些真正好汉。没钱，没国家保护，什么也没有。硬去干，而且真干出玩艺儿来。我要写这些真正中国人，真有劲的中国人。中国是他们的，南洋也是他们的。那些会提小伞的先生们，屁！连我也算在里面。

可是，我写不出。打算写，得到各处去游历。我没钱，没工夫。广东话，福建话，马来话，我都不会。不懂的事还很多很多。不敢动笔。黄曼士先生没事就带我去看各种事儿，为是供给我点材料。可是以几个月的工夫打算抓住一个地方的味儿，不会。再说呢，我必须描写海，和中国人怎样在海上冒险。对于海的知识太少了；我生在北方，到二十多岁才看见了轮船。

那么，只好多住些日子了。可是我已离家六年，老母已七十多岁，常有信催我回家。为省得闲着，我开始写《小坡的生日》。本来想写的只好再等机会吧。直到如今，啊，机会可还没来。

写《小坡的生日》的动机是：表面的写点新加坡的风景

什么的。还有：以儿童为主，表现着弱小民族的联合——这是个理想，在事实上大家并不联合，单说广东与福建人中间的成见与争斗便很厉害。这本书没有一个白小孩，故意的落掉。写了三个多月吧，得到五万来字；到上海又补了一万。

这本书中好的地方，据我自己看，是言语的简单与那些像童话的部分。它不完全是童话，因为前半截有好些写实处——本来是要描写点真事。这么一来，实的地方太实，虚的地方又很虚，结果是既不像童话，又非以儿童为主的故事，有点四不像了。设若有工夫删改，把写实的部分去掉，或者还能成个东西。可是我没有这个工夫。顶可笑的是在南洋各色小孩都讲着漂亮——确是漂亮——的北平话。

《小坡的生日》写到五万来字，放年假了。我很不愿离开新加坡，可是要走这是个好时候，学期之末，正好结束。在这个时节，又有去作别的事情的机会。若是这些事情中有能成功的，我自然可以辞去教职而仍不离开此地，为是可以多得些经验。可是这些事都没成功，因为有人从中破坏。这么一来，我就决定离开。我不愿意自己的事和别人捣乱争吵。在阳历二月底，我又上了船。

到现在想起来，我还很爱南洋——它在我心中是一片颜色，这片颜色常在梦中构成各样动心的图画。它是实在的，同时可以是童话的，原始的，浪漫的。无论在经济上，商业上，军事上，民族竞争上，诗上，音乐上，色彩上，它都有种魔力。

原载1934年10月《大众画报》第十二期

英 国 人

每个英国人有他自己开阔的到天堂之路，

乘早儿不用惹麻烦

　　据我看，一个人即使承认英国人民有许多好处，大概也不会因为这个而乐意和他们交朋友。自然，一个有金钱与地位的人，走到哪里也会受欢迎；不过，在英国也比在别国多些限制。比如以地位说吧，假如一个作讲师或助教的，要是到了德国或法国，一定会有些人称呼他"教授"。不管是出于诚心吧，还是捧场；反正这是承认教师有相当的地位，是很显然的，在英国，除非他真正是位教授，绝不会有人来招呼他。而且，这位教授假若不是牛津或剑桥的，也就还差点劲儿。贵族也是如此，似乎只有英国国产贵族才能算数儿。

　　至于一个平常人，尽管在伦敦或其他的地方住上十年八载，也未必能交上一个朋友。是的，我们必须先交代明白，在资本主义的社会里，大家一天到晚为生活而奔忙，实在找不出闲工夫去交朋友；欧西各国都是如此，英国并非例外。不过，即使我们承认这个，可是英国人还有些特别的地方，使我们更难接近。一个法国人见着个生人，能够非常的亲热，越是因为这个生人的法国话讲得不好，他才越愿指导他。英国人呢，他以为天下没有会讲英语的，除了他们自己，他干脆不愿搭理一个生人。一个英国人想不到一个生人可以不明白英国的规矩，而是一见到生人说话行动有不对的地方，马上认为这个人是野蛮，不屑于再招呼他。英国的规矩又偏偏是那么多！他不能想象到别人可以没有这些规矩，而另有一套；不，英国的是一切；设若别处没有那么多的雾，那根本不能算作真正的天气！

除了规矩而外，英国人还有好多不许说的事：家中的事，个人的职业与收入，通通不许说，除非彼此是极亲近的人。一个住在英国的客人，第一要学会那套规矩，第二要别乱打听事儿，第三别谈政治，那么，大家只好谈天气了，而天气又是那么不得人心。自然，英国人很有的说，假若他愿意：他可以讲论赛马、足球、养狗、高尔夫球等等；可是咱又许不大晓得这些事儿。结果呢，只好对楞着。对了，还有

作者：[英] 奥勃里·比亚兹莱（Aubrey Beardsley）。
原载《佩鲁·马鲁·巴兹多》杂志，1893年。

宗教呢，这也最好不谈。每个英国人有他自己开阔的到天堂之路，乘早儿不用惹麻烦。连书籍最好也不谈，一般的说，英国人的读书能力与兴趣远不及法国人。能念几本书的差不多就得属于中等阶级，自然我们所愿与谈论书籍的至少是这路人。这路人比谁的成见都大，那么与他们闲话书籍也是自找无趣的事。多数的中等人拿读书——自然是指小说了——当作一种自己生活理想的佐证。一个普通的少女，长得有个模样，嫁了个驶汽车的；在结婚之夕才证实了，他原来是个贵族，而且承袭了楼上有鬼的旧宫，专是壁上的挂图就值多少百万！读惯这种书的，当然很难想到别的事儿，与他们谈论书籍和捣乱大概没有甚么分别。中上的人自然有些识见了，可是很难遇到啊。况且有些识见的英国人，根本在英国就不大被人看得起；他们连拜伦、雪莱和王尔德还都逐出国外去，我们想跟这样人交朋友——即使有机会——无疑的也会被看作成怪物的。

　　我真想不出，彼此不能交谈，怎能成为朋友。自然，也许有人说：不常交谈，那么遇到有事需要彼此的帮忙，便丁对丁，卯对卯的去办好了；彼此有了这样干脆了当的交涉与接触，也能成为朋友，不是吗？是的，求人帮助是必不可免的事，就是在英国也是如是；不过英国人的脾气还是以能不求人为最好。他们的脾气即是这样，他们不求你，你也就不好意思求他了。多数的英国人愿当鲁滨孙，万事不求人。于是他们对别人也就不愿多伸手管事。况且，即使他们愿意帮忙你，他们是那样的沉默简单，事情是给你办了，可是交情仍然谈不到。当一个英国人答应了你办一件事，他必定给你办到。可是，跟他上火车一样，非到车已要开了，他不露面。你别去催他，他有他的稳当劲儿。等办完了事，他还是不理你，直等到你去谢谢他，他才微笑一笑。到底还是交不上朋友，无论你怎样上前巴结。假若你一个劲儿奉承他或讨他的好，他也许告诉你："请少来吧，我忙！"这自然不是说，英国就没有一个和气的人。不，绝不是。一个和气的英国人可以说是最有礼貌，最有心路，最体面的人。不过，他的好处只能使你钦佩他，他有好些地方使人不便和他套交情。他的礼貌与体面是一种武器，使人不敢离他太近了。就是顶和气的英国人，也比别人端庄的多；他不喜欢法国式的亲热——你可以看见两个法国男人互吻，可是很少见一个英国人把手放在另一个英国人的肩上，或搂着脖儿。两个很要好的女友在一块儿吃饭，设若有一个因为点儿原故而想把自己的菜让给友人一点，你必会听到那个女友说："这不是羞辱我吗？"男人就根本不办这样的傻事。是呀，男人对于让酒让烟是极普遍的事，可是只限于烟酒，他们不会肥马轻裘与友共之。

　　这样讲，好像英国人太别扭了。别扭，不错；可是他们也有好处。你可以永远不与他们交朋友，但你不能不佩服他们。事情都是两面的。英国人不愿轻易替别人出力，他可也不来讨厌你呀。他的确非常高傲，可是你要是也沉住了气，他便要佩服你。一般的说，英国人很正直。他们并不因为自傲而蛮不讲理。对于一个英国人，你要先估量估量他的身分，再看看你自己的价值，他要是像块石头，你顶好像块大理石；硬碰硬，而你比他更硬。他会承认他的弱点。他能够很体谅人，很大方，但是他不愿露出来；你对他也顶好这样。设若你准知道他要向灯，你就顶好也先向灯，他自然会向火；他喜欢表示自己有独立的意见。他的意见可老是意见，假若你说得有理，到办事的时候他会牺牲自己的意见，而应怎么办就怎么办。你必须知道，他的态度虽是那么沉默孤高，像有心事的老驴似的，可是他心中很能幽默一气。他不轻易向人表示亲热，可也不轻易生气，到他说不过你的时候，他会以一笑了之。这点幽默劲儿使英国人几乎成为可爱的了。他没火气，他不吹牛，虽然他很自傲自尊。

　　所以，假若英国人成不了你的朋友，他们可是很好相处。

他们该办什么就办什么，不必你去套交情；他们不因私交而改变作事该有的态度。他们的自傲使他们对人冷淡，可是也使他们自重。他们的正直使他们对人不客气，可也使他们对事认真。你不能拿他当作吃喝不分的朋友，可是一定能拿他当个很好的公民或办事人。就是他的幽默也不低级讨厌，幽默助成他作个贞脱儿曼，不是弄鬼脸逗笑。他并不老实，可是他大方。

他们不爱着急，所以也不好讲理想。胖子不是一口吃起来的，乌托邦也不是一步就走到的。往坏了说，他们只顾眼前；往好里说，他们不乌烟瘴气。他们不爱听世界大同，四海兄弟，或那顶大顶大的计划。他们愿一步一步慢慢的走，走到哪里算哪里。成功呢，好；失败呢，再干。英国兵不怕打败仗。英国的一切都好像是在那儿敷衍呢，可是他们在各种事业上并不是不求进步。这种骑马找马的办法常常使人以为他们是狡猾，或守旧；狡猾容或有之，守旧也是真的，可是英国人不在乎，他有他的主意。他深信常识是最可宝贵的，慢慢走着瞧吧。萧伯纳可以把他们骂得狗血喷头，可是他们会说："他是爱尔兰的呀！"他们会随着萧伯纳笑他们自己，但他们到底是他们——萧伯纳连一点办法也没有！

这些，可只是个简单的，大概的，一点由观察得来的印象。一般的说，这也许大致不错；应用到某一种或某一个英国人身上，必定有许多欠妥当的地方。概括的论断总是免不了危险的。

原载1936年9月《西风》第一期

我的几个房东

到底是个英国人，不能完全放弃绅士的气派

　　初到伦敦，经艾温士教授的介绍，住在了离"城"有十多英里的一个人家里。房主人是两位老姑娘。大姑娘有点傻气，腿上常闹湿气，所以身心都不大有用。家务统由妹妹操持，她勤苦诚实，且受过相当的教育。

　　她们的父亲是开面包房的，死后，把面包房给了儿子，给二女一人一处小房子。她们卖出一所，把钱存在银行生息。其余的一所，就由她们合住。妹妹本可以去作，也真作过，家庭教师。可是因为姐姐需人照管，所以不出去作事，而把楼上的两间屋子租给单身的男人，进些租金。这给妹妹许多工作，她得给大家作早餐晚饭，得上街买东西，得收拾房间，得给大家洗小衣裳，得记账。这些，已足使任何一个女子累得喘不过气来。可是她于这些工作外，还得答复朋友的信，读一两段圣经，和作些针线。

她这种勤苦忠诚，倒还不是我所佩服的。我真佩服她那点独立的精神。她的哥开着面包房，到圣诞节才送给妹妹一块大鸡蛋糕！她决不去求他的帮助，就是对那一块大鸡蛋糕，她也马上还礼，送给她哥一点有用的小物件。当我快回国时去看她，她的背已很弯，发也有些白的了。

自然，这种独立的精神是由资本主义的社会制度逼出来的，可是，我到底不能不佩服她。

在她那里住过一冬，我搬到伦敦的西部去。这回是与一个叫艾支顿的合租一层楼。所以事实上我所要说的是这个艾支顿——称他为二房东都勉强一些——而不是真正的房东。我与他一气在那里住了三年。

这个人的父亲是牧师，他自己可不信宗教。当他很年轻的时候，他和一个女子由家中逃出来，在伦敦结了婚，生了三四个小孩。他有相当的聪明，好读书。专就文字方面上说，他会拉丁文，希腊文，德文，法文，程度都不坏。英文，他写得非常的漂亮。他作过一两本讲教育的书，即使内容上不怎样，他的文字之美是公认的事实。我愿意同他住在一起，差不多是为学些地道好英文。在大战时，他去投军。因为心脏弱，报不上名。他硬挤了进去。见到了军官，凭他的谈吐与学识，自然不会被叉去帐外。一来二去，他升到中校，差不多等于中国的旅长了。

战后，他拿了一笔不小的遣散费，回到伦敦，重整旧业，他又去教书。为充实学识，还到过维也纳听弗洛衣德的心理学。后来就在牛津的补习学校教书。这个学校是为工人们预备的，仿佛有点像国内的暑期学校，不过目的不在补习升学的功课。作这种学校的教员，自然没有什么地位，可是实利上并不坏：一年只作半年的事，薪水也并不很低。这个，大概是他的黄金"时代"。以身分言，中校；以学识言，有著作；以生活言，有个清闲舒服的事情。

也正是在这个时候，他和一位美国女子发生了恋爱。她出自名家，有硕士的学位。来伦敦游玩，遇上了他。她的学识正好补足他的，她是学经济的；他在补习学校演讲关于经济的问题，她就给他预备稿子。

他的夫人告了。离婚案刚一提到法厅，补习学校便免了他的职。这种案子在牛津与剑桥还是闹不得的！离婚案成立，他得到自由，但须按月供给夫人一些钱。

在我遇到他的时候，他正极狼狈。自己没有事，除了夫妇的花销，还得供给原配。幸而硕士找到了事，两份儿家都由她支持着。他空有学问，找不到事。可是两家的感情渐渐的改善，两位夫人见了面，他每月给第一位夫人送钱也是亲自去，他的女儿也肯来找他。这个，可救不了穷。穷，他还很会花钱。作过几年军官，他挥霍惯了。钱一到他手里便不会老实。他爱买书，爱吸好烟，有时候还得喝一盅。我在东方学院遇见了他，他到那里学华语；不知他怎么弄到手里几镑钱。便出了这个主意。见到我，他说彼此交换知识，我多教他些中文，他教我些英文，岂不甚好？为学习的方便，顶好是住在一处，假若我出房钱，他就供给我饭食。我点了头，他便找了房。

艾支顿夫人真可怜。她早晨起来，便得作好早饭。吃完，她急忙去作工，拼命的追公共汽车；永远不等车站稳就跳上去，有时把腿碰得紫里蒿青。五点下工，又得给我们作晚饭。她的烹调本事不算高明，我俩一有点不爱吃的表示，她便立刻泪在眼眶里转。有时候，艾支顿卖了一本旧书或一张画，手中攥着点钱，笑着请我们出去吃一顿。有时候我看她太疲乏了，就请他俩吃顿中国饭。在这种时节，她喜欢得像小孩子似的。

他的朋友多数和他的情形差不多。我还记得几位：有一位是个年轻的工人，谈吐很好，可是时常失业，一点也不是他的错儿，怎奈工厂时开时闭。他自然的是个社会主义者，每逢来看艾支顿，他俩便粗着脖子红着脸的争辩。艾支顿也很有口才，不过与其说他是为政治主张而争辩，还不如说是为争辩而争辩。还有一位小老头也常来，他顶可爱。德文，意大利文，西班牙文，他都能读能写能讲，但是找不到事作；闲着没事，他只为一家磁砖厂吆喝买卖，拿一点扣头。另一位老者，常上我们这一带来给人家擦玻璃，也是我们的朋友。这个老头是位博士。赶上我们在家，他便一边擦着玻璃，一边和我们讨论文学与哲学。孔子的哲学，泰戈尔的诗，他都读过，不用说西方的作家了。

只提这么三位吧，在他们的身上使我感到工商资本主义的社会的崩溃与罪恶。他们都有知识，有能力，可是被那个社会制度捆住了手，使他们抓不到面包。成千论万的人是这样，而且有远不及他们三个的！找个事情真比登天还难！

艾支顿一直闲了三年。我们那层楼的租约是三年为限。住满了，房东要加租，我们就分离开，因为再找那样便宜，和恰好够三个人住的房子，是大不容易的。虽然不在一块儿住了，可是还时常见面。艾支顿只要手里有够看电影的钱，便立刻打电话请我去看电影。即使一个礼拜，他的手中彻底的空空如也，他也会约我到家里去吃一顿饭。自然，我去的时候也老给他们买些东西。这一点上，他不像普通的英国人，他好请朋友，也很坦然的接受朋友的约请与馈赠。有许多地方，他都带出点浪漫劲儿，但他到底是个英国人，不能完全放弃绅士的气派。

直到我回国的时际，他才找到了事——在一家大书局里作顾问，荐举大陆上与美国的书籍，经书局核准，他再找人去翻译或——若是美国的书——出英国版。我离开英国后，听说他已被那个书局聘为编辑员。

离开他们夫妇，我住了半年的公寓，不便细说；房东与房客除了交租金时见一面，没有一点别的关系。在公寓里，晚饭得出去吃，既费钱，又麻烦，所以我又去找房间。这回是在伦敦南部找到一间房子，房东是老夫妇，带着个女儿。

这个老头儿——达尔曼先生——是干什么的，至今我还不清楚。一来我只在那儿住了半年，二来英国人不喜欢谈私事，三来达尔曼先生不爱说话，所以我始终没得机会打听。偶尔由老夫妇谈话中听到一两句，仿佛他是木器行的，专给人家设计作家具。他身边常带着尺。但是我不敢说肯定的话。

半年的工夫，我听熟了他三段话——他不大爱说话，但是一高兴就离不开这三段，像留声机片似的，永远不改。第一段是贵族巴来，由非洲弄来的钻石，一小铁筒一小铁筒的！每一块上都有个记号！第二段是他作过两次陪审员，非常的光荣！第三段是大战时，一个伤兵没能给一个军官行礼，被军官打了一拳。及至看明了那是个伤兵，军官跑得比兔子还快；不然的话，非教街上的给打死不可！

除了这三段而外，假若他还有什么说的，便是重述《晨报》上的消息与意见。凡是《晨报》所说的都对！

这个老头儿是地道英国的小市民，有房，有点积蓄，勤苦，干净，什么也不知道，只晓得自己的工作是神圣的，英国人是世界上最好的人。

达尔曼太太是女性的达尔曼先生，她的意见不但得自《晨报》，而且是由达尔曼先生口中念出的那几段《晨报》，她没工夫自己去看报。

达尔曼姑娘只看《晨报》上的广告。有一回，或者是因为看我老拿着本书，她向我借一本小说。随手的我给了她一本威尔思的幽默故事。念了一段，她的脸都气紫了！我赶紧出去在报摊上给她找了本六个便士的罗曼司，内容大概是一个女招待嫁了个男招待，后来才发现这个男招待是位伯爵的承继人。这本小书使她对我又有了笑脸。

她没事作，所以在分类广告上登了一小段广告——教授跳舞。她的技术如何，我不晓得，不过她声明愿减收半费教给我的时候，我没出声。把知识变成金钱，是她，和一切小市民的格言。

　　她有点苦闷，没有男朋友约她出去玩耍，往往吃完晚饭便假装头疼，跑到楼上去睡觉。婚姻问题在那经济不景气的国度里，真是个没法办的问题。我看她恐怕要窝在家里！"房东太太的女儿"往往成为留学生的夫人，这是留什么外史一类小说的好材料；其实，里面的意义并不止是留学生的荒唐呀。

原载1936年12月《西风》第四期

东方学院

英国人自有英国人的办法，决不会听别人的

从一九二四的秋天，到一九二九的夏天，我一直的在伦敦住了五年。除了暑假寒假和春假中，我有时候离开伦敦几天，到乡间或别的城市去游玩，其余的时间就都消磨在这个大城里。我的工作不许我到别处去，就是在假期里，我还有时候得到学校去。我的钱也不许我随意的去到各处跑，英国的旅馆与火车票价都不很便宜。

我工作的地方是东方学院，伦敦大学的名学院之一。这里，教授远东近东和非洲的一切语言文字。重要的语言都成为独立的学系，如中国语，阿拉伯语等；在语言之外还讲授文学哲学什么的。次要的语言，就只设一个固定的讲师，不成学系，如日本语；假如有人要特意的请求讲授日本的文学或哲学等，也就由这个讲师包办。不甚重要的语言，便连固定的讲师也不设，而是有了学生再临时去请教员，按钟点计算报酬。譬如有人要学蒙古语文或非洲的非英属的某地语文，便是这么办。自然，这里所谓的重要与不重要，是多少与英国的政治，军事，商业等相关联的。

在学系里，大概的都是有一位教授，和两位讲师。教授差不多全是英国人；两位讲师总是一个英国人，和一个外国人——这就是说，中国语文系有一位中国讲师，阿拉伯语文系有一位阿拉伯人作讲师。这是三位固定的教员，其余的多是临时请来的，比如中国语文系里，有时候于固定的讲师外，还有好几位临时的教员，假若赶到有学生要学中国某一种方言的话；这系里的教授与固定讲师都是说官话的，那么要是有人想学厦门话或绍兴话，就非去临时请人来教不可。

这里的教授也就是伦敦大学的教授。这里的讲师可不都是伦敦大学的讲师。以我自己说，我的聘书是东方学院发的，所以我只算学院里的讲师，和大学不发生关系。那些英国讲师多数的是大学的讲师，这倒不一定是因为英国讲师的学问怎样的好，而是一种资格问题：有了大学讲师的资格，他们好有升格的希望，由讲师而副教授而教授。教授既全是英国人，如前面所说过的，那么外国人得到了大学的讲师资格也没有多大用处。况且有许多部分，根本不成为学系，没有教授，自然得到大学讲师的资格也不会有什么发展。在这里，看出英国人的偏见来。以梵文，古希伯来文，阿拉伯文等说，英国的人才并不弱于大陆上的各国；至于远东语文与学术的研究，英国显然的追不上德国或法国。设若英国人愿意，他们很可以用较低的薪水去到德法等国聘请较好的教授。可是他们不肯。他们的教授必须是英国人，不管学问怎样。就我所知道的，这个学院里的中国语文学系的教授，还没有一位真正有点学问的。这在学术上是吃了亏，可是英国人自有英国人的办法，决不会听别人的。幸而呢，别的学系真有几位好的教授与讲师，好歹一背拉，这个学院的教员大致的还算说得过去。况且，于各系的主任教授而外，还有几位学者来讲专门的学问，像印度的古代律法，巴比仑的古代美术等等，把这学院的声价也提高了不少。在这些教员之外，另有位音韵学专家，教给一切学生以发音与辨音的训练与技巧，以增加学习语言的效率。这倒是个很好的办法。

　　大概的说，此处的教授们并不像牛津或剑桥的教授们那样只每年给学生们一个有系统的讲演，而是每天与讲师们一样的教功课。这就必须说一说此处的学生了。到这里来的学生，几乎没有任何的限制。以年龄说，有的是七十岁的老夫或老太婆，有的是十几岁的小男孩或女孩。只要交上学费，便能入学。于是，一人学一样，很少有两个学生恰巧学一样东西的。拿中国语文系说吧，当我在那儿的时候，学生中就有两位七十多岁的老人：一位老人是专学中国字，不大管它们都念作什么，所以他指定要英国的讲师教他。另一位老人指定要跟我学，因为他非常注重发音；他对语言很有研究，古希腊，拉丁，希伯来，他都会，到七十多岁了，他要听听华语是什么味儿；学了些日子华语，他又选上了日语。这两个老人都很用功，头发虽白，心却不笨。这一对老人而外，还有许多学生：有的学言语，有的念书，有的要在伦敦大学得学位而来预备论文，有的念元曲，有的念《汉书》，有的是要往中国去，所以先来学几句话，有的是已在中国住过十年八年而想深造……总而言之，他们学的功课不同，程度不同，上课的时间不同，所要的教师也不同。这样，一个人一班，教授与两个讲师便一天忙到晚了。这些学生中最小的一个才十二岁。

　　因此，教授与讲师都没法开一定的课程，而是兵来将挡，学生要学什么，他们就得教什么；学院当局最怕教师们说："这我可教不了。"于是，教授与讲师就很不易当。还拿中国语文系说吧，有一回，一个英国医生要求教他点中国医学。我不肯教，教授也瞪了眼。结果呢，还是由教授和他对付了一个学期。我很佩服教授这点对付劲儿；我也准知道，假若他不肯敷衍这个医生，大概院长那儿就更难对付。由这一点来说，我很喜欢这个学院的办法，来者不拒，一人一班，完全听学生的。不过，要这样办，教员可得真多，一系里只有两三个人，而想使个个学生满意，是作不到的。

成班上课的也有：军人与银行里的练习生。军人有时候一来就是一拨儿，这一拨儿分成几组，三个学中文，两个学日文，四个学土耳其文……既是同时来的，所以可以成班。这是最好的学生。他们都是小军官，又差不多都是世家出身，所以很有规矩，而且很用功。他们学会了一种语言，不管用得着与否，只要考试及格，在饷银上就有好处。据说会一种语言的，可以每年多关一百镑钱。他们在英国学一年中文，然后就可以派到中国来。到了中国，他们继续用功，而后回到英国受试验。试验及格便加薪俸了。我帮助考过他们，考题很不容易，言语，要能和中国人说话；文字，要能读大报纸上的社论与新闻，和能将中国的操典与公文译成英文。学中文的如是，学别种语文的也如是。厉害！英国的秘密侦探是著名的，军队中就有这么多，这么好的人才呀：和哪一国交战，他们就有会哪一国言语文字的军官。我认得一个年轻的军官，他已考及格过四种言语的初级试验，才二十三岁！想打倒帝国主义么，啊，得先充实自己的学问与知识，否则喊哑了嗓子只有自己难受而已。

最坏的学生是银行的练习生们。这些都是中等人家的子弟——不然也进不到银行去——可是没有军人那样的规矩与纪律，他们来学语言，只为马马虎虎混个资格，考试一过，马上就把"你有钱，我吃饭"忘掉。考试及格，他们就有被调用到东方来的希望，只是希望，并不保准。即使真被派遣到东方来，如新加坡，香港，上海等处，他们早知道满可以不说一句东方语言而把事全办了。他们是来到这个学院预备资格，不是预备言语，所以不好好的学习。教员们都不喜欢教他们，他们也看不起教员，特别是外国教员。没有比英国中等人家的二十上下岁的少年再讨厌的了，他们有英国人一切的讨厌，而英国人所有的好处他们还没有学到，因为他们是正在刚要由孩子变成大人的时候，所以比大人更讨厌。

班次这么多，功课这么复杂，不能不算是累活了。可是有一样好处：他们排功课表总设法使每个教员空闲半天。星期六下午照例没有课，再加上每周当中休息半天，合起来每一星期就有两天的休息。再说呢，一年分为三学期，每学期

作者：[英] 奥勃里·比亚兹莱（Aubrey Beardsley），1893年。

只上十个星期的课，一年倒可以有五个月的假日，还算不坏。
不过，假期中可还有学生愿意上课；学生愿意，先生自然也
得愿意，所以我不能在假期中一气离开伦敦许多天。这可也
有好处，假期中上课，学费便归先生要。

　　学院里有个很不错的图书馆，专藏关于东方学术的书籍，
楼上还有些中国书。学生在上课前，下课后，不是在休息室
里，便是到图书馆去，因为此外别无去处。这里没有运动场
等等的设备，学生们只好到图书馆去看书，或在休息室里吸

烟，没别的事可作。学生既多数的是一人一班，而且上课的时间不同，所以不会有什么团体与运动。每一学期至多也不过有一次茶话会而已。这个会总是在图书馆里开，全校的人都被约请。没有演说，没有任何仪式，只有茶点，随意的吃。在开这个会的时候，学生才有彼此接谈的机会，老幼男女聚在一处，一边吃茶一边谈话。这才看出来，学生并不少；平日一个人一班，此刻才看到成群的学生。

假期内，学院里清静极了，只有图书馆还开着，读书的人可也并不甚多。我的《老张的哲学》，《赵子曰》，与《二马》，大部分是在这里写的，因为这里清静啊。那时候，学院是在伦敦城里。四外有好几个火车站，按说必定很乱，可是在学院里并听不到什么声音。图书馆靠街，可是正对着一块空地，有些花木，像个小公园。读完了书，到这个小公园去坐一下，倒也方便。现在，据说这个学院已搬到大学里去，图书馆与课室——一个友人来信这么说——相距很远，所以馆里更清静了。哼，希望多喒有机会再到伦敦去，再在这图书馆里写上两本小说！

原载1937年3月《西风》第七期

英国人与猫狗

有人说，这是英国人的海贼本性还没有蜕净，所以总拿狗马当作朋友似的对待

　　英国人爱花草，爱猫狗。由一个中国人看呢，爱花草是理之当然，自要有钱有闲，种些花草几乎可与藏些图书相提并论，都是可以用"雅"字去形容的事。就是无钱无闲的，到了春天也免不掉花几个铜板买上一两小盆蝴蝶花什么的，或者把白菜脑袋塞在土中，到时候也会开上几朵小十字花儿。在诗里，赞美花草的地方要比讴颂美人的地方多得多，而梅兰竹菊等等都有一定的品格，仿佛比人还高洁可爱可敬，有点近乎一种什么神明似的在通俗的文艺里，讲到花神的地方也很不少，爱花的人每每在死后就被花仙迎到天上的植物园去，这点荒唐，荒唐得很可爱。虽然里边还是含着与敬财神

就得元宝一样的实利念头，可到底显着另有股子劲儿，和财迷大有不同；我自己就不反对被花娘娘们接到天上去玩玩。

所以，看见英国人的爱花草，我们并不觉得奇怪，反倒是觉得有点惭愧，他们的花是那么多呀！在热闹的买卖街上，自然没有种花草的地方了，可是还能看到卖"花插"的女人，和许多鲜花铺。稍讲究一些的饭铺酒馆自然要摆鲜花了。其他的铺户中也往往摆着一两瓶花，四五十岁的掌柜们在肩下插着一朵玫瑰或虞美人也是常有的事。赶到一走到住宅区，看吧，差不多家家有些花，园地不大，可收拾得怪好，这儿一片郁金香，那儿一片玫瑰，门道上还往往搭着木架，爬着那单片的蔷薇，开满了花，就和图画里似的。越到乡下越好看，草是那么绿，花是那么鲜，空气是那么香，一个中国人也有点惭愧了。五六月间，赶上晴暖的天，到乡下去走走，真是件有造化的事，处处都像公园。

一提到猫狗和其他的牲口，我们便不这么起劲了。中国学生往往给英国朋友送去一束鲜花，惹得他们非常的欢喜。可是，也往往因为讨厌他们的猫狗而招得他们撅了嘴。中国人对于猫狗牛马，一般的说，是以"人为万物灵"为基础而直呼它们作畜类的。正人君子呢，看见有人爱动物，总不免说声"声色狗马，玩物丧志"。一般的中等人呢，养猫养狗原为捉老鼠与看家，并不须赏它们个好脸儿。那使着牲口的苦人呢，鞭子在手，急了就发威，又困于经济，它们的食水待遇活该得按着哑巴畜生办理，于是大概的说，中国的牲口实在有点倒霉，太监怀中的小巴狗，与阔寡妇椅子上的小白猫，自然是碰巧了的例外。畜类倒霉，已经看惯，所以法律上也没有什么规定；虐待丫头与媳妇本还正大光明，哑巴畜生自然更无处诉委屈去；黑驴告状也并没陈告它自己的事。再说，秦桧与曹操这辈子为人作歹，下辈便投胎猪狗，吃点哑巴亏才正合适。这样，就难怪我们觉得英国人对猫狗爱得有些过火了。说真的，他们确是有点过火，不过，要从猫狗自己看呢，也许就不这么说了吧？狗龛食人食，而有些人却没饭吃，自然也不能算是公平，但是普遍的有一种爱物的仁慈，也或者无碍于礼教吧！

英国人的爱动物，真可以说是普遍的。有人说，这是英国人的海贼本性还没有蜕净，所以总拿狗马当作朋友似的对待。据我看，这点贼性倒怪可爱；至少狗马是可以同情这句话的。无事可作的小姐与老太婆自然要弄条小狗玩玩了——对于这种小狗，无论它长得多么不顺眼，你可就是别说不可爱呀！——就是卖煤的煤黑子，与送牛奶的人，也都非常爱惜他们的马。你想不到拉煤车的马会那么驯顺、体面、干净。

煤黑子本人远不如他的马漂亮，他好像是以他的马当作他的光荣。煤车被叫住了，无论是老幼男女，跟煤黑子耍过几句话，差不多总是以这匹马作中心。有的过去拍拍马脖子，有的过去吻一下，有的给拿出根胡萝卜来给它吃。他们看见一匹马就仿佛外婆看见外孙子似的，眼中能笑出一朵花儿来。英国人平常总是拉着长脸，像顶着一脑门子官司，假若你打算看看他们也有个善心，也和蔼可爱，请你注意当他们立在一匹马或拉着条狗的时候。每到春天，这些拉车的马也有比赛的机会。看吧，煤黑子弄了瓶擦铜油，一边走一边擦马身上的铜活呀。马鬃上也挂上彩子或用各色的绳儿梳上辫子，真是体面！这么看重他们的马，当然的在平日是不会给气受的，而且载重也有一定的限度，即便有狠心的人，法律也不许他任意欺侮牲口。想起北平的煤车，当雨天陷在泥中，煤黑子用支车棍往马身上楞，真要令人喊"生在礼教之邦的马哟！"

　　猫在动物里算是最富独立性的了，它高兴呢就来趴在你怀中，啰哩啰嗦的不知道念着什么。它要是不高兴，任凭你说什么，它也不搭理。可是，英国人家里的猫并不因此而少受一些优待。早晚他们还是给它鱼吃，牛奶喝，到家主旅行去的时候，还要把它寄放到"托猫所"去，花不少的钱去喂养着；赶到旅行回来，便急忙把猫接回来，乖乖宝贝的叫着。

及至老猫不吃饭，或小猫摔了腿，便找医生去拔牙、接腿，一家子都忙乱着，仿佛有了什么了不得的事。

　　狗呢，就更不用说，天生来的会讨人喜欢，作走狗，自然会吃好的喝好的。小哈巴狗们，在冬天，得穿上背心；出门时，得抱着；临睡的时候，还得吃块糖。电影院、戏馆，禁止狗们出入，可是这种小狗会"走私"，趴在老太婆的袖里或衣中，便也去看电影听戏，有时候一高兴便叫几声，招得老太婆头上冒汗。大狗虽不这么娇，可也很过得去。脚上偶一不慎粘上一点路上的柏油，便立刻到狗医院去给套上一只小靴子，伤风咳嗽也须吃药，事儿多了去啦。可是，它们也真是可爱，有的会送小儿去上学，有的会给主人叼着东西，有的会耍几套玩艺儿，白天不咬人，晚上可挺厉害。你得听英国人们去说狗的故事，那比人类的历史还热闹有趣。人家、猎户、军队、警察所、牧羊人，都养狗，都爱狗。狗种也真多，大的、小的、宽的、细的、长毛的、短毛的，每种都有一定的尺寸，一定的长度，买来的时候还带着家谱，理直气壮，一点不含糊！那真正入谱的，身价往往值一千镑钱！

　　年年各处都有赛猫会、赛狗会。参与比赛的猫狗自然必定都有些来历，就是那没资格入会的也都肥胖、精神。这就不能不想起中国的狗了，在北平、在天津，在许多大城市里，去看看那些狗，天下最丑的东西！骨瘦如柴，一天到晚连尾巴也不敢撅起来一回，太可怜了！人还没有饭吃，似乎不必先为狗发愁吧，那么，我只好替它们祷告，下辈子不要再投胎到这儿来了！

简直没有一个英国人不爱马。那些专作赛马用的，不用说了，自然是老有许多人伺候着；就是那平常的马，无论是拉车的，还是耕地的，也都很体面。有一张卡通，记得，画的是"马之将来"，将来的军队有飞机坦克车去冲杀陷阵，马队自然要消灭了；将来的运输与车辆也用不着骡马们去拖拉，于是马怎么办呢？这张卡通——英国人画的——上说，它们就变成了猫狗：客厅里该趴着猫，将来是趴着匹马；老太婆上街该拉着狗，将来便牵着匹骡子。这未必成为事实，可是足见他们是怎样的舍不得骡马了。

除了猫狗骡马，他们对于牛羊鸡猪也都很爱惜，这是要到乡间才可以看见的。有一回到乡间去看了朋友，他的祖父是个农夫，养着许多猪与鸡。老人的鸡都有名字，叫哪个，哪个就跑来。老人最得意的是他的那些肥猪，真是干净可爱。可是，有一天下了雨，肥猪们都下了泥塘，弄得满身是稀泥；把老人差点气坏了。总而言之，他们对牲口们是尽到力量去爱护，即使是为杀了吃肉的，反正在它们活着的时候总不受委屈。中国有许多人提倡吃素禁屠，可是往往寺院里放生的牲口皮包不住骨，别处的畜类就更不必说了。好死不如赖活着，是我们特有的哲学，可也真够残忍的。

　　对于鱼鸟鸽虫，英国人不如我们会养会玩，养这些玩艺儿的也就很少。卖猫狗的铺子里不错也卖鹦鹉、小兔、小龟和碧玉鸟什么的，可是养鸟的并不懂教给它们怎样的叫成套数。据说，他们在老年间也斗鸡斗鹌鹑，现在已被禁止，因为太残忍。我们似乎也该把斗蟋蟀什么的禁止了吧？也不是怎么的，我总以为小时候爱斗蟋蟀，长大了也必爱去看枪毙人；没有实地的测验过，此说容或不能成立；再说，还许是一点妇人之仁，根本要不得呢。

原载1937年6月1日《西风》第十期

批评与偏见

他们都是外国人，都带着外国人那股自居
高明的劲儿

最坏的批评者是以"偏见"代替学识。对某事本一无所知，而偏要发表意见，那就只好拿出仅足以使自己快意的偏见，来信口乱说。这，说句老实话，只是取巧。假若非拿出来不可呢，对人对己全无好处；因此，也就是最坏的批评，或者根本不算批评。

我颇有几位交情很好的外国朋友。我可是得先说明白，虽然他们是好朋友，可并不是好批评者。大概的说，他们可分为两派：一派是以为中国的一切都要不得。假若中国人还不赶快一律变成英国人或美国人，则中国在一眨眼的工夫就会灭亡。另一派恰恰是与此相反。他们以为只要中国还有一架钢琴，或还有一个穿西装的人，中国就永无半点希望。他们的主张不同，而主张之本质却是一样——偏见。假若他们是中国人呢，他们也许只在茶余酒后，随便说一说也就算了。可是，他们都是外国人，都带着外国人那股自居高明的劲儿。所以他们不但谈论，而且要写成文章，教全世界都晓得他们是中国的救主。

这些救主很难伺候，假若你穿了一双皮鞋，去见那以为中国原有的东西都绝对不许更改的人，你就会遇到最大的冷淡。你应当穿一双青缎官靴去，最好是穿全身的行头，头戴雉尾翎。可是，当你去看那以为中国没有一样东西值得保留的人，你便须连姓也改成乔治或爱德华。否则，你刚一进门，他们就许告诉你，他正要睡觉。他们的偏见，以及用偏见养成的傲慢，使他们会把东洋与西洋的礼貌一概忘掉。

比较一下，那以为中国事都该改革的，往往还比以为中国事都不该改的强一些。因为，前者还多少有点善意，希望中国往新的路子，世界的路子上去走。即使他不大明白中国事，可是起码也许懂得一点外国事。后者呢，他根本不懂中国事，而硬说中国该关上大门，并且把自己锁在自己的床上。对外国事，他也不大知道，要不然，他便不会不权衡中外，作个比较，而后发言。他一看见中国人演话剧，马上气

作者：孙之僬。原载1934年8月11日《北洋画报》第1126期第3版。

个倒仰。"你们有自己的插雉尾，打鬼脸的戏，为什么去学外国？"他会气冲冲的说。可是，话剧和中国旧戏，是否是同类的东西？他大概没有思索过。他也许只看过一回川剧或平剧；昆腔就恐怕根本没听说过。那么，你就无须问他，昆腔何以衰亡？川剧或平剧已发展到什么阶段？和他们有什么前途？你无须问，他根本不懂。学识是偏见的扫荡者呀。

真的，我切盼我的好友也变成好的批评者，假若他们能把傲慢收起去，而虚心的多研究一点什么。中国正在改变，需要批评，而批评不能拿空洞的偏见作基础。

原载1943年4月23日《联合画报》第二十四期

由三藩市到天津

遇见了两三位英国人，他们都稳稳当当的

说：非承认新中国不可了

　　到三藩市（旧金山）恰好在双十节之前，中国城正悬灯结彩，预备庆贺。在我们侨胞心里，双十节是与农历新年有同等重要的。

　　常听人言：华侨们往往为利害的，家族的，等等冲突，去打群架，械斗。事实上，这已是往日的事了；为寻金而来的侨胞是远在一八五〇年左右；现在，三藩市的中国城是建设在几条最体面，最重要的大街上，侨胞们是最守法的公民；械斗久已不多见。

　　可是，在双十的前夕，这里发生了斗争，打伤了人。这次的起打，不是为了家族的，或私人间利害的冲突，而是政治的。

青年们和工人们，在双十前夕，集聚在一堂，挂起金星红旗，庆祝新中国的诞生。这可招恼了守旧的，反动的人们，就派人来捣乱。红旗被扯下，继以斗殴。

双十日晚七时，中国城有很热闹的游行。因为怕再出事，五时左右街上已布满警察。可惜，我因有个约会，没能看到游行。事后听说，游行平安无事；队伍到孙中山先生铜像前致敬，并由代表们献剑给蒋介石与李宗仁，由总领事代收。

全世界已分为两大营阵，美国的华侨也非例外：一方面悬起红旗，另一方面献剑给祸国殃民的匪酋。

在这里，我们应当矫正大家常犯的一个错误——华侨们都守旧，落后。不，连三藩和纽约，都有高悬红旗，为新中国欢呼的青年与工人。

就是在那些随着队伍，去献剑的人们里，也有不少明知蒋匪昏暴，而看在孙中山先生的面上，不好不去凑凑热闹的。另有一些，虽具有爱国的高度热诚，可是被美国的反共宣传所惑，于是就很怕"共产"。

老一辈的侨胞，能读书的并不多。晚辈们虽受过教育，而读不到关于中国的英文与华文书籍。英文书很少，华文书来不到。报纸呢（华文的）又多被二陈所控制，信意的造谣。

这也就难怪他们对国事不十分清楚了。

纽约的《华侨日报》是华文报纸中唯一能报道正确消息的。我们应多供给它资料——特别是文艺与新政府行政的纲领与实施的办法。此外，也应当把文艺图书、刊物，多寄去一些。

十月十三号开船。船上有二十二位回国的留学生。他们每天举行讨论会，讨论回到祖国应如何服务，并报告自己专修过的课程，以便交换知识。

同时，船上另有不少位回国的人，却终日赌钱，打麻将。

船上有好几位财主，都是菲律宾人。他们的服饰，比美国阔少的更华丽。他们的浅薄无知，好玩好笑，比美国商人更俗鄙。他们看不起中国人。

十八日到檀香山。论花草，天气，风景，这真是人间的福地。到处都是花。街上，隔不了几步，便有个卖花人，将栀子，虞美人等香花织成花圈出售；因此，街上也是香的。

这里百分之四十八是日本人，中国人只占百分之二十以上，这里的经济命脉却在英美人手里。这里，早有改为美国的第四十九州之议，可是因为东方民族太多了，至今未能实现。好家伙，若选出日本人或中国人作议员，岂不给美国丢人。

二十七日到横滨。由美国军部组织了参观团，船上搭客可买票参加，去看东京。

只有四五个钟头，没有看见什么。自横滨到东京，一路上原来都是工业区。现在，只见败瓦残屋，并无烟筒；工厂们都被轰炸光了。

路上，有的人穿着没有一块整布的破衣，等候电车。许多妇女，已不穿那花狸狐哨的长衣，代替的是长裤短袄。

在东京，人们的服装显着稍微整齐，而仍掩蔽不住寒伧。女人们仍有穿西服的，可是鞋袜都很破旧。男人们有许多还穿着战时的军衣，戴着那最可恨的军帽——抗战中，中国的话剧中与图画中最习见的那凶暴的象征。

日本的小孩儿们，在战前，不是脸蛋儿红扑扑的好看么？现在，他们是面黄肌瘦。被绞死的战犯只获一死而已；他们的遗毒余祸却殃及后代啊！

由参观团的男女领导员（日本人）口中，听到他们没有糖和香蕉吃——因为他们丢失了台湾！其实，他们所缺乏的并不止糖与香蕉。他们之所以对中国人单单提到此二者，倒许是为了不忘情台湾吧？

三十一日到马尼拉。这地方真热。

大战中打沉了的船还在海里卧着，四围安着标帜，以免行船不慎，撞了上去。

　　岸上的西班牙时代所建筑的教堂，及其他建筑物，还是一片瓦砾。有城墙的老城完全打光。新城正在建设，还很空旷，看来有点大而无当。

　　本不想下船，因为第一，船上有冷气设备，比岸上舒服。第二，听说菲律宾人不喜欢中国人；税吏们对下船的华人要搜检每一个衣袋，以防走私。第三，菲律宾正要选举总统，到处有械斗，受点误伤，才不上算。

　　可是，我终于下了船。

　　在城中与郊外转了一圈，我听到一些值得记下来的事：前两天由台湾运来大批的金银。这消息使我理会到，蒋介石虽在表面上要死守台湾，可是依然不肯把他的金银分给士兵，而运到国外来。据说，菲律宾并没有什么工业；那么，蒋自己的与他的走狗的财富，便可以投资在菲律宾，到台湾不能站脚的时候，便到菲律宾来作财阀了。依最近的消息，我这猜测是相当正确的。可是，我在前面说过，菲律宾人并不喜欢中国人。其原因大概是因为中国人的经营能力强，招起菲律宾人的忌妒。那么，假若蒋匪与他的匪帮都到菲律宾去投资，剥削菲人，大概菲人会起来反抗的。一旦菲人起来反抗，那些在菲的侨胞便会吃挂误官司。蒋匪真是不祥之物啊！

舟离日本，遇上台风。离马尼拉，再遇台风。两次台风，把我的腿又搞坏。到香港——十一月四日——我已寸步难行。

下船好几天了，我还觉得床像是在摇晃。海上的颠簸使我的坐骨神经痛复发了，到现在几乎还无法行走。香港大学又在山上，每次出门都给我带来极大的痛苦。

我在此地已呆了十天，仍不知何时才能回到北京。此地有许多人等船北上，所以很难搞到船票。看来，我还得再呆上一段时间，我没法从这里游回家去。

两个多星期了，可我仍搞不到去北方的船票。在这期间，病痛却一天天加剧，我已根本无法行走。一位英国朋友正努力帮我搞一张到天津的船票，但我实在怀疑他是否能行，这里有成千上万的人等着离开香港。

等船，一等就是二十四天。

在这二十四天里，我看见了天津帮、山东帮、广东帮的商人们，在抢购抢卖抢运各色的货物。室内室外，连街上，入耳的言语都是生意经。他们庆幸虽然离弃了上海天津青岛，而在香港又找到了投机者的乐园。

遇见了两三位英国人，他们都稳稳当当的说：非承认新中国不可了。谈到香港的将来，他们便微笑不言了。

一位美国商人告诉我："我并不愁暂时没有生意；可虑的倒是将来中外贸易的路线！假若路线是走'北'路，我可就真完了！"

　　我可也看见了到广州去慰劳解放军的青年男女们。他们都告诉我："他们的确有纪律、有本事、有新的气象！我们还想再去！"

　　好容易，我得到一张船票。

　　不像是上船，而像一群猪入圈。码头上的大门不开，而只在大门中的小门开了一道缝。于是，旅客、脚行、千百件行李，都要由这缝子里钻进去。嚷啊、挤啊、查票啊，乱成一团。"乐园"吗？哼，这才真露出殖民地的本色。花钱买票，而须变成猪！这是英国轮船公司的船啊！

　　挤进了门，印度巡警检查行李。给钱，放行。不出钱，等着吧！那黑大的手把一切东西都翻乱，连箱子再也关不上。

　　一上船，税关再检查。还得递包袱！

　　呸！好腐臭的"香"港！

　　二十八日夜里开船。船小（二千多吨），浪急，许多人晕船。为避免遭遇蒋家的炮舰，船绕行台湾外边，不敢直入海峡。过了上海，风越来越冷，空中飞着雪花。许多旅客是睡在甲板上，其苦可知。

十二月六日到仁川，旅客一律不准登岸，怕携有共产党宣传品，到岸上去散放。美国防共的潮浪走得好远啊，从三藩市一直走到朝鲜！

九日晨船到大沽口。海河中有许多冰块，空中落着雪。离开华北已是十四年，忽然看到冰雪，与河岸上的黄土地，我的泪就不能不在眼中转了。

因为潮水不够，行了一程，船便停在河中，直到下午一点才又开动；到天津码头已是掌灯的时候了。

税关上的人们来了。一点也不像菲律宾和香港的税吏们，他们连船上的一碗茶也不肯喝。我心里说：中国的确革新了！

我的腿不方便，又有几件行李，怎么下船呢？幸而马耳先生也在船上，他奋勇当先的先下去，告诉我："你在这里等我，我有办法！"还有一位上海的商人，和一位原在复旦，现在要入革大的女青年，也过来打招呼："你在这里等，我们先下去看看。"

茶房却比我还急："没有人来接吗？你的腿能走吗？我看，你还是先下去，先下去！我给你搬行李！"经过这么三劝五劝，我把行李交给他，独自慢慢扭下来；还好，在人群中，我只跌了"一"跤。

检查行李是在大仓房里，因为满地积雪，不便露天行事。行李，一行行的摆齐，丝毫不乱；税务人员依次检查。检查得极认真。换钱——旅客带着的外钞必须在此换兑人民券——也是依次而进，秩序井然。谁说中国人不会守秩序！有了新社会，才会有新社会的秩序呀！

　　又遇上了马耳和那两位青年。他们扶我坐在衣箱上，然后去找市政府的交际员。找到了，两位壮实，温和，满脸笑容的青年。他们领我去换钱，而后代我布置一切。同时，他们把我介绍给在场的工作人员，大家轮流着抽空儿过来和我握手，并问几句美国的情形。啊，我是刚入了国门，却感到家一样的温暖！在抗战中，不论我在哪里，"招待"我的总是国民党的特务。他们给我的是恐怖与压迫——他们使我觉得我是个小贼。现在，我才又还原为人，在人的社会里活着。

　　检查完，交际员们替我招呼脚行，搬运行李，一同到交际处的招待所去。到那里，已是夜间十点半钟；可是，滚热的菜饭还等着我呢。

　　没能细看天津，一来是腿不能走，二来是急于上北京。但是，在短短的两天里，我已感觉到天津已非旧时的天津；因为中国已非旧时的中国。更有滋味的是未到新中国的新天津之前，我看见了那渐次变为法西斯的美国，彷徨歧路的菲律宾，被军事占领的日本，与殖民地的香港。从三藩市到天津，即是从法西斯到新民主主义，中间夹着这二者所激起的潮浪与冲突。我高兴回到祖国来，祖国已不是半殖民地半封建的国家，而是崭新的，必能领导全世界被压迫的人民走向光明、和平、自由、与幸福的路途上去的伟大力量！

原载1950年《人民文学》第一卷第四期

美国人的苦闷[1]

因为没有经济上的平等，所以虽然只有

一位总统，而有许多位皇帝

当初在欧洲人下决心离弃故乡，迁往北美去成家立业的时候，他们必是在故国受着宗教的、政治的，或经济的压迫，而想去到一块新土地上，建设一个信教自由、思想自由、劳作自由的国家。

他们也真地建设起一个新国家，而且是以当时所了解的自由、平等为立国精神的国家。

按道理说，这样的一个国家应当会变成地上的乐园，人人自由，人人平等，人人快活。

可是，那些为争取信教自由而移往北美的人们，刚一登

---

1 1950 年，老舍应周恩来总理邀请从美国旧金山回国，作此文。

岸，便排斥别人的宗教。他们的确得到顺着自己的心意去礼拜上帝的自由，可是他们不许别人也有这同样的自由。于是，从美国开国直到今天，信教自由始终是个问题与纠纷，并没有真正的自由。在今天，一个总统或议员竞选人，还可以因为宗教信仰而落选——不管他的政治主张与才力是如何的高明。

宗教，由其本质来说，本是互相排斥，而不是彼此团结的东西。宗教要的是统制，不要民主。许多爱尔兰人与犹太人曾经因为他们的宗教惨死在这"信教自由"的国家里。

美国人所引以自豪的言论自由也与信教自由同样的滑稽。每个美国人都觉得他有发表言论的自由，可是到底有多少美国人曾发表过言论呢？这么一问，便很不客气的戳到他们的痒痒肉儿上。

看吧：全国的报纸与定期刊物既被几家富商包办着，一般的人怎能在那里借地方练习言论自由呢？再看：除了几家态度较比严肃的大报留有"读者来函"一栏，天天登载一两封知名人士的函件，其他的小报一律以争先登出，尽情报道桃色新闻、强盗新闻、足球与赛拳消息为能事，哪还有隙地刊登读者的意见呢。况且，广告的收入也不允许"来函"占去地位呀。

广播吗？广播电台都是私人的营业，"胰皂歌剧"而外，差不多没有什么别的东西，一个公民怎能得到利用广播发表意见的机会呢？

那么，写书好啦。哼，你若不是名人，不是曾经出版过能畅销的书籍，谁肯接受你的著作呢？

报纸、刊物、广播、书籍，都是商业化了的东西，老板们愿意要什么，你就得说什么；否则你顶好闭口无言。顺着老板的心意，出版与广播，旁及电影与文艺，就有了"思潮"。迎合"潮流"讲话为文的，便能得到很高的酬报。于是，在最近二三年中，反共成为思潮，视听所及，全是反共；只落得白昼见鬼，大家心慌。

思想不能自由，在这反共思潮之下，乃理之当然。共产党员因思想问题而变成罪犯，思想前进的教授与公务员因思想问题而被撤职，美国立国的精神至此而丧失净尽。

所以，美国人苦闷！

没有平等，就没有自由。在美国开国的时候，那些为自由而奋斗的人们是诚心地愿意建立一个信教自由、思想自由和言论自由的国家。在今天，为了"美国主义"的广泛宣传，到处还能看见这样的标语："在这里，人人可以信仰他愿信的宗教，可以说他愿说的话，可以作他愿作的事！"

可是，自他们立国以至今日，美国人只看到"自由"，而忘了那最紧要的经济的平等。

既没有经济的平等，所以美国虽然地大物博，人口又少，而并没能成为人人饱食暖衣，人人快乐的地上乐园。因为没有经济上的平等，所以虽然只有一位总统，而有许多位皇帝；报纸皇帝、煤油皇帝、钢铁皇帝、银行皇帝等等。这些位皇帝据有亿万的财富，也就可以控制言论，操纵选举，决定国策。香烟本来可以卖一角钱一包，但在香烟皇帝打倒了弱小的香烟厂以后，便硬作价二角钱一包了。以此类推，美国的民生物用便全玩弄在皇帝们的手心上了。

皇帝们把统制、操纵，与投机叫作自由竞争，而自由竞争便是谁有手段与机会谁作皇帝，谁没有谁作奴隶。于是，皇帝只有几位，而奴隶却成千论万。

皇帝控制着报纸与刊物，言论于是没有了自由。皇帝用金钱操纵选举，于是剥夺了人民在政治上活动的自由。这也就是一部分美国人对于政治淡漠的主要原因。新闻纸、广播、书籍、电影，因为被皇帝们所控制，专门供给麻醉人心的材料，人们也就无法不读一些、听一些、看一些无聊的东西，而忽略了世界大事与政治问题。这就形成了美国文化的低落。

因为对政治、经济、文化的认识不够，和被麻醉得过久，人们不单不想反抗那些皇帝，而且幻想着自己有朝一日也变为什么皇帝或大王。他们津津乐道的就是：任何一个美国人都可能作总统或煤油大王。他们也"有诗为证"地述说：某某大王不原来是小贩出身么？这成了他们的传统的梦想。

不错，在美国正向西部开拓的时期，的确有过苦小子变成大王的事。可是，现在的美国已走过了开拓时期，那些皇帝已稳定地安踞宝座；人们上哪里去寻金劫宝和创立王朝呢？再说，今日大家所受的困苦，还不是以前的自由竞争，狗吃狗的历史错误之所赐么？

可是，很多的美国人还是继续作着梦。而且会有板有眼地陈说：只有美国，因为人人自由，才有自由竞争，才有苦汉作大王的事实。这个迷梦使他们最容易接受反共的宣传。资本家们的报纸、刊物、广播、电影，一致地告诉他们：在苏联，没有个人的自由，没有任何自由。这宣传是相当成功的。狗吃狗的自由主义既已深入人心，人们当然反对社会主义。共和党的人们听到罗斯福的姓名还要咬牙切齿，何况是提起斯大林呢？

美国当然也有不少的明白人和思想前进的人。可是，在今天，军阀、政客、资本家，勾结在一处，设下一个反共防共的天罗地网：胆小一点的人，虽然明白、进步，也不得不噤若寒蝉了。只有共产党党员还勇敢前进，可是他们已受着很大的迫害。

为了反共防共，三年来美国人把原有的很小的一点自由也快丢光了。

所以，美国人苦闷；特别是那些明白人。

虽然不易了解与接受社会主义，美国人可的确厌恶希特勒、墨索里尼，那些法西斯恶魔。近来，他们也厌弃蒋介石了。可是，在最近的三四年中，军阀与特务的势力日见扩大，人人自危，使他们没法不承认法西斯的黑影已笼罩住全国。

怎么办呢？他们受了统治者长期的蒙蔽，相信两党的议会制度。这也就是说，他们愿意有两个政党互相牵制，从而得到适可而止的逐渐改进。他们要渐进，不要革命。但是，假若有适当的机会，他们看得出来，法西斯势力天天想用迅雷不及掩耳的闪击抓到政权，使美国变成世界上最后的法西斯国家，也就是美国的末日。他们还不很了解革命，可是不革命似乎又难以阻止法西斯的突飞猛进。怎么办呢？

所以，美国人苦闷。

原载1950年1月10日《文艺报》第一卷第八期

美国的精神食粮

好莱坞还收养着一大批文艺作家，给写电影剧本

一般的说，美国的文艺作品是极讲究形式的。这不是偶然的，而是事有必至的。资本主义国家里的一切出品首先要讲究漂亮悦目，好卖得出去。文艺作品自然也非例外。

一个有志于文艺创作的青年，在美国，要想把作品发表出去，是件极困难的事。他没有名气，就等于一家商店没有个老字号，谁肯要他的货物呢？况且，报纸和刊物都被老牌号的写家们把持着，谁肯让一个无名的小伙子硬挤进来，抢去饭碗呢？

因此，下面的事情就没法不发生了：

一、青年作家，无论是在学校里学习，还是在家中自修，

都眼盯着成功的作品，以期照猫画虎的去写，希望也能成功。这里"成功"二字是指销路而言。这就是说，能卖的就是好作品。至于书中有无内容，什么风格高不高，倒都是次要的问题。美国人爱说："没有比成功更成功的"，就是这个意思。这样，模仿是必不可免的。大家既争着模仿成功的作品，就不能不在形式上打算盘，而忽略了内容与思想的重要。文艺作品慢慢的就变成了美国女人的帽子一类的东西，只讲式样的改变出奇而已。所以，美国没有什么文艺思潮，使青年们都卷入潮浪，疯狂的去写作，像欧洲的浪漫运动等等那样。就是有的话，也是受了欧洲文艺思想的影响，在美国起点余波而已。

二、文艺作品既是逢集赶庙的商品，有如上述，那就难怪被商人控制着了。在美国，刊物的和出版公司的编辑差不多都是气焰万丈的人物。在他们的行话里，有"艺术的失败"一语。假若一本书的文艺性很强，而不能畅销，他们就管它叫作"艺术的失败"——这就是说，它的失败的原因，是因为它只顾了艺术，而忽略了生意经。由这里，我们就很容易看出来，编辑们的责任是什么了——掌握生意经。文稿到了编辑手里，编辑说它没有销路，它就完事大吉。幸而编辑说，虽然不完全好，但修改修改或者还有出息，作者便喜出望外了。一般的说，编辑的建议十之八九是被作者接受的。作者须按照编辑的心意去修改原稿：要改得紧凑简短，以免读者念着不耐烦，美国人忙呀；要改得趣味更低级一些，以迎合一般人的心理；要把悲剧的结局改为大团圆，因为美国的读众爱念笑话与喜剧；要把穿插改得更惊奇，事情与人物忽然自天而降也没关系，"米老鼠"不就是那样么？要把露骨的批评冲淡，美国的一切不都是世界第一么？怎能严厉的批评，说它不好呢，这样，稿子改过不知多少次，编辑才点头接受。此时，原稿的思想性与艺术性差不多已都删去，可是从形式上看，它确是又紧凑，又整齐。幸而它的销路不错，编辑就到处声明，他提拔了造就了一个新写家。然后，他会嘱咐这位新写家："照样再写一本，保你再成功！"这样，美国的文艺作品就时常有换汤不换药的现象，而作者往往只求维持生活，就抱住一个形式，一个内容，去死啃，忘了深入的反映社会各种现象的责任。编辑"造就"了作家，也就是作家"死亡"的日子。当然，有的作家是宁可饿死，也不肯屈服于编辑的淫威的；可是，他的"成功"的希望就很渺茫，而且或者真会饿死的。

三、编辑们的权威既是那么大，作家若想投稿，就必须先揣摩编辑的心理，以投所好了。可是，作家怎么能钻到编

辑者的肚子里去呢？他必须去找个中间人，给他拉纤。纤手
不单知道编辑的心理，而且可能的了解文艺市场的全面商情。
哪种刊物需要哪种作品，哪个书局要哪种书，什么时候某刊
物或某书局需要什么货色，纤手们都知道，或假装知道。把
货物交给纤手，比作家自己去乱碰强的多。赶到作品真经纤
手给卖出去，作家并摸不清怎么办手续，怎么要价还价，怎
样保护版权；纤手知道。为省麻烦，作家也非有个纤手不可。
假若编辑先生是上帝，中间人就是天使。在美国，作家必须
有个中间人代办一切；报酬是中间人拿作家收入的百分之十。

　　作家把稿子交给中间人或代理人，代理人便从生意经上
着眼，提供意见，交还作家去修改。这些意见是不可忽视的，
因为稿子是由代理人给代卖呀。有的代理人确实懂得点文艺，
有的根本一窍不通，还有的完全是为骗饭吃。即使专为骗饭
吃的也有生意，因为有名的代理人太忙，不接受无名的作者
的请托啊。那么，骗子出的主意，作者也得服从，这就不知
道有多少有志于创作的青年男女被引入歧途，耽误了终身。

　　代理人的意见当然无关于文艺理论。他的最高明的主意
是告诉作家怎么迎合编辑与读众的心理，和怎么使作品的形
式与技巧更巧妙一点。这样，除了从几位前进的作家和少数
的有前进思想的人们的口中，我们可以听到文艺思想与问题

的讨论，我们经常听到的是形式问题，技巧问题，也就是如何卖稿子，如何找到可靠的代理人的问题。

我曾参加过一个相当大的文艺工作者会议。会议用两个星期的时间，讨论了小说，戏剧，诗，散文，儿童文艺，文艺批评等等的专题。会议中的发言人都是有名的作家，批评家，编辑，出版家和各种专家。我是抱着热诚去听些文艺理论，批评，与各专业报告的。可是，我没听到任何理论与批评。大家所讲的是技巧问题，听众们（买票入座）问的也是技巧问题。提出最多次的问题是：怎么去找，到哪里去找可靠的代理人，和能不能代为介绍个代理人？这个会议简直可以叫作代理人问题会议。

在会外，我遇到一位戏剧工作者。他是一个小剧团的主持人。在他的领导下，团员们不单可以演出较比进步的戏，而且可以受到思想教育——他们经常上课，听讲戏剧史和戏剧理论。这个人经常住在上述会议的召开地，可是他并没被约去参加会议；原因：他讲理论，所以他必是左倾的危险人物，事实上，我至多只能管他叫作一个忠实的人；因为他忠于戏剧，所以不肯马马虎虎，只以一些舞台技巧挣饭吃，而要知道些戏剧理论。这可就被那些专家们视为非我族类了。在这贩卖艺术的国度里，技巧是一切，而思想是招致麻烦与苦恼的东西。

　　我很热心去听一位由纽约特约来的有名的戏剧批评家作报告。哎呀，他叫我非常的失望。他只讲了些某一出戏怎么招笑，得到多少次鼓掌，和某位演员用了什么一个手式，博得不少掌声。啊，这就是戏剧批评！可怜的听众，他们是花钱买票来听讲的啊！

　　四、文艺作品既是只为卖钱的，那么当然就越卖的多越好了。因此，一部小说或一本戏剧的最大成功，是能被好莱坞收买了去，演成电影。编辑，代理人，和出版商，都日夜祷告，这种好运气能落在他们经手过的作品上，他们好分得一笔相当大的收入。好莱坞是肯出高价收买成功的作品的。一本小说的电影权，卖好了，能卖十万八万美金。按照美国出版惯例，出版商应分这笔钱的百分之十，甚至于二十；代理也分百分之十。出版商与代理人若能经手这么一本书，真是中了头彩。所以，在他们看稿子的时候，眼睛就远远的瞭望着好莱坞。他们给作家提供意见的时候，也没忘了好莱坞：这么改一下吧，这是电影的一个好镜头！谁都知道，好莱坞需要什么和制造什么。哼，文艺家却须给好莱坞撰制稿本呀。

　　诗在美国似乎已经死去。连剧本也很难出版，除非它已在百老汇演出，而且极叫坐。据说：有人抗议过，作品的电影权卖给好莱坞，出版商不应当从中取利。可是，出版商也有话说：一个出版家，一年里也总得出一本诗，一两本戏剧，好叫出版目录好看些吧？那是赔钱货呀，还能不准我们从能卖给好莱坞的书里捞点油水么？可怜的诗集与剧本，要是没有好莱坞，岂不就绝迹了么？侦探小说什么的要比诗集剧本重要多多了，好莱坞真收买它们哪。

以上所谈，让我们明白了资本主义与金钱怎样在美国控制了文艺，和美国人的精神食粮是怎么制造出来的。

美国的精神食粮既是那么制造出来的，文艺工作者在社会上的地位如何也就可想而知了。据我所知道的就有下列的种种文艺工作者：

一、有的作家并非不知道文艺作品须庄严深刻，可是他们的工作是写侦探小说，因为侦探小说能够卖钱。他们几乎永远不署真姓名，而且写一本就换个假名字，以便两本稿子可以同时卖出去。文人是多么喜名啊，可是这些作家却连名也不要了。他们的工作不是为教育谁，感化谁，而只为挣钱吃饭。他们知道这不大对，可是别无办法。这是多么苦痛的事呢！

二、有的作家一辈子连假名字也没有一个。他们专门替别人写书，当枪手。美国人管枪手叫作鬼写家。一个美国人发了财，有了楼房，汽车，别墅，古玩，而只差个文人的头衔。怎办呢？他会找枪手（或鬼写家）替他办这回事。枪手是技巧专家，对无论什么题目都能写出个样子来。枪手要的报酬很大，他是干干脆脆要利不要名的。还有，被资本家控制着的报纸刊物上，往往有连英文还不大认识的人所写的反苏反共的文章，这也是枪手们的手笔。枪手们写文章，而签上那连英文还不认识的人的姓名——也许是刚刚由法国来的，也许是蒋介石的走狗——这样，"远方的和尚会念经"，反苏反共的宣传就更能耸动听闻，更能欺骗美国人民了。

三、枪手不要名，而有大利可图。更可怜的是一些永远不出名，而也得不到多少钱的作家们。他们是给别人打下手的。一位成功的连环图画家要一年到头的给报纸和刊物作画，他哪有那么多的时间，既想故事，又去作画呢？他得找下手，给他想故事，他好只管作画。他的收入很高，下手的报酬极小。

四、好莱坞还收养着一大批文艺作家，给写电影剧本。这群人能得到相当高的酬报，可是他们须把思想变成好莱坞的思想，语言变成好莱坞的语言，技巧变成好莱坞的技巧。到了好莱坞，就须把文艺良心完全收起去。有的人不肯这么办，那就会受到检举，被抓去受审判。电影是传播思想最有力的武器，资本家和反动政府万不能允许不利于他们的思想渗透进去。他们养活着文艺家像养活着一群猪狗似的，猪狗要不老实着，他们就不客气了。

这样，多数的美国文艺工作者是忍气吞声，在金钱的威胁利诱下，受着精神的或肉体的痛苦。他们是金钱的奴隶，而不是思想与艺术的导师。少数的前进作家确是要维持住人民的思想领导者的尊严，可是他们已遭遇到无情的压迫与苦难。

根据上面所谈的，我们知道了一些美国的文艺工作，和文艺工作者的情形。由这里，我们就可以看到资本主义国家的文艺如何堕落，也就可以想象到那些文艺作品是什么样的东西了。

原载1951年2月15日《北京文艺》第一卷第六期

大地的女儿

她是既敢冲破一切网罗束缚的战士，又是
个多情的女子

　　我与史沫特莱初次会面是在一九四六年九月里，以前，
闻名而不曾见过面。

　　见面的地点是雅斗（XADDO）。雅斗是美国纽约省的一所
大花园，有一万多亩地。园内有松林、小湖、玫瑰圃、楼馆，
与散在松荫下的单间书房。此园原为私产。园主是财主，而
喜艺术。他死后，继承人们组织了委员会，把园子作为招待
艺术家来创作的地方。这是由一九二六年开始的，到现在已
招待过五百多位艺术家。招待期间，客人食宿由园中供给。

　　园林极美，地方幽静。这的确是安心创作的好地点。当
我被约去住一个月的时候，史沫特莱正在那里撰写朱德总司

令传。

客人们吃过早饭，即到林荫中的小书房去工作。游园的人们不得到书房附近来，客人们也不得凑到一处聊天。下午四点，工作停止，客人们才到一处，或打球，或散步，或划船。晚饭后，大家在一处或闲谈，或下棋，或跳舞，或喝一点酒。这样，一个月里，我差不多每天晚间都能见到史沫特莱。

她最初给我的印象是：这是个烈性的女人。及至稍熟识了一点，才知道她是路见不平，拔刀相助，如烈性男儿，可又善于体贴，肯服侍人，像个婆婆妈妈的中年妇人。赶到读了她的自传，《大地的女儿》，我更明白了她是既敢冲破一切网罗束缚的战士，又是个多情的女子。因此，她非常的可爱，她在工作之暇，总是挑头儿去跳舞、下棋、或喝两杯酒。这些小娱乐与交际，使大家都愿意接近她；她既不摆架子，又不装腔作势。她真纯。她有许多印度亲戚与朋友。赶到他们来到，她就按着东方的习俗招待他们，拿出所有的钱给他们花，把自己的床让给他们睡，还给他们洗衣服、做饭。她并不因为自己思想前进，而忽略了按照着老办法招呼亲友。

虽然如此，她却无时无地不给当时的中国的解放区与苏联作宣传。在作这种宣传的时候，她还是针对着对象，适当的发言，不犯急性病。比如，有两次她到新从战场上退役的士兵里去活动，教他们不要追随着老退伍军人作反动的事情，她就约我同去，先请我陈诉蒋介石政权是多么腐烂横暴，而后她自己顺着我的话再加以说明。她并不一下子就说中国的解放区怎么好——那会教文化不高的士兵害怕，容易误认为她要劝他们加入共产党。同样的，她与一位住在雅斗的英国作家讨论世界大势的时候，她也留着神，不一下子就赶尽杀绝。那位英国作家参加过西班牙内战，痛恨法西斯主义。可是，正和许多别的英国文化人一样，他一方面反法西斯，却一方面又为英国工党政府的反动政策作辩护，反对苏联。史沫特莱有心眼，知道自己要是一个劲的说苏联好，必会劳而无功，或者弄得双方面红耳赤，下不来台。她总先提：苏联的建设是全世界的一个新理想，新试验，他就是人类的光明。因此，我们不能只就某一件事去批评苏联，而须高瞻远瞩的为苏联着想，为全人类的光明远景着想。我们若是依据着别人的话语去指摘苏联，便会减低了我们的理想，遮住了人类的光明。这种苦口婆心的，识大体的规劝，对于可左可右的知识分子是大有说服力量的。

可是，她并不老婆婆妈妈。当她看到不平的事情，她会马上冒火，准备开打。有一次，我们到市里去吃饭，（雅斗园距市里有二英里，可以慢慢走去），看见邻桌坐着一男一女两位黑人。坐了二十多分钟，没有人招呼他们。女的极感不安，想要走出去，男的不肯。史沫特莱过去把他们让到我们桌上来，同时叫过跑堂的质问为什么不伺候黑人。那天，有某进步的工会正在市里开年会，她准备好，假若跑堂的出口不逊，她会马上去找开会的工人代表们，来兴师问罪。幸而，跑堂的见她声色俱厉，在她面前低了头；否则，那天会出些事故的。

后来，她来过纽约，为控诉麦克阿瑟。可惜，我没有见着她。据说：麦克阿瑟说她是红侦探，所以她一怒来到纽约起诉。她一点也没看起占据日本的加料天皇。

也因为她，雅斗后来遭受检查与检举，说那里窝藏危险人物，传播危险思想。雅斗招待过不少前进的艺术家，不过史沫特莱是最招眼毒的。

在雅斗的时候，我跟她谈到那时候国内文艺作家的贫困。她马上教我起草一封信，由她打出多少份，由她寄给美国的前进作家们。结果，我收到了大家的献金一千四百多元，存入银行。我没法子汇寄美金，又由她写信给一位住在上海的友人，教她把美金交给那时候的"文协"负责人。她的热心、肯受累、肯负责，令人感动、感激。

从她的精力来看，她不像个早死的人。她的死是与美国在第二次大战后，日甚一日的走向法西斯化，大有关系。单是这个恶劣倾向，已足使许多开明的知识分子感到痛苦，而史沫特莱恰好又是身受其害的人，就不能不悲愤抑郁，以至伤害了她的健康。我不大知道她临死时的情况，但是我的确知道这几年中，美国人被压迫病了的、疯了的、自杀了的，也不在少数。

在她去世以前，我知道，她曾有机会到印度去。可是她告诉我：要走，我就再到中国去！

美国政府不允许她再到中国来，她只能留下遗嘱把尸身埋葬在她所热爱的中国去。她临死还向那要侵略中国的美国战争贩子，与诬蔑新中国的政客财阀们抗议——她的骨头要埋在中国的土地里。她是中国人民的真朋友。

在她的心里，没有国籍的种族的宗教的成见。她热爱世界上所有的劳苦大众，她自己就是劳苦出身。她受过劳苦人民所受的压迫、饥寒、折磨，所以哪里有劳苦人民的革命，她就往哪里去。她认识中国人，同情中国人，热爱中国人，死了还把尸骨托付给中国人，因为她认识了中国的革命是人民的革命。安眠吧，大地的女儿，你现在是睡在人民革命胜利了的土地中！

原载1951年5月6日《光明日报》

第二篇

小说版

二十世纪的"人"是与"国家"相对
待的：强国的人是"人"，弱国的呢？
狗！

种族问题

老印度看了看那些奇形怪状的花生，不但
没收，反给了小坡半个比醋还酸的绿橘子

　　小坡弄不清楚：他到底是福建人，是广东人，是印度人，是马来人，是白种人，还是日本人。在最近，他从上列的人种表中把日本人勾抹了去，因为近来新加坡人人喊着打倒日本，抵制仇货；父亲——因为开着国货店——喊得特别厉害，一提起日本来，他的脖子便气得比蛤蟆的还粗。小坡心中纳闷，为什么日本人这样讨人嫌，不要鼻子。有一天偶然在哥哥的地理书中发现了一张日本图，看了半天，他开始也有点不喜欢日本，因为日本国形，不三不四恰像个"歪脖横狼"的破炸油条，油条炸成这个模样，还成其为油条？一国的形势居然像这样不起眼的油条，其惹人们讨厌是毫不足怪的；

于是小坡也恨上了日本！

可是这并不减少他到底是哪国人的疑惑。

他有一件宝贝，没有人知道——连母亲和妹妹也算在内——他从哪儿得来的。这件宝贝是一条四尺来长，五寸见宽的破边，多孔，褪色，抽抽巴巴的红绸子。这件宝贝自从落在他的手里，没有一分钟离开过他。就是有一回，把它忘在学校里了。他已经回了家，又赶紧马不停蹄的跑回去。学校已经关上了大门，他央告看门的印度把门开开。印度不肯那么办，小坡就坐在门口扯着脖子喊，一直的把庶务员和住校的先生们全嚷出来。先生们把门开开，他便箭头儿似的跑到讲堂，从石板底下掏出他的宝贝。匆忙着落了两点泪，把石板也摔在地上，然后三步两步跑出来，就手儿踢了老印度一脚；一气儿跑回家，把宝贝围在腰间，过了一会儿，他告诉妹妹，他很后悔踢了老印度一脚。晚饭后父亲给他们买了些落花生，小坡把瘪的，小的，有虫儿的，都留起来；第二天拿到学校给老印度，作为赔罪道歉。老印度看了看那些奇形怪状的花生，不但没收，反给了小坡半个比醋还酸的绿橘子。

这件宝贝的用处可大多多了：往头上一裹，裹成上尖下圆，脑后还搭拉着一块儿，他便是印度了。登时脸上也黑了许多，胸口上也长出一片毛儿，说话的时候，头儿微微的摇摆，真有印度人的妩媚劲儿。走路的时候，腿也长出一块来，一挺一挺的像个细瘦的黑鹭鹚。嘴唇儿也发干，时常用手指沾水去湿润一回。

把这件宝贝从头上撤下来，往腰中一围，当作裙子，小坡便是马来人啦。嘴唇撅撅着，蹲在地上，用手抓着理想中的咖喱饭往嘴中送。吃完饭，把母亲的胭脂偷来一小块，把牙和嘴唇全抹红了，作为是吃槟榔的结果；还一劲儿呸呸的往地上唾，唾出来的要是不十分红，就特别的用胭脂在地上抹一抹。唾好了，把妹妹找了来，指着地上的红液说：

"仙！这是马来人家。来，你当男人，你打鼓，我跳舞。"

于是妹妹把空香烟筒儿拿来敲着，小坡光着胖脚，胳臂"软中硬"的伸着，腰儿左右轻扭，跳起舞儿来。跳完了，两个蹲在一处，又抓食一回理想的咖喱饭，这回还有两条理想的小干鱼，吃得非常辛辣而痛快。

小坡把宝贝从腰中解下来，请妹妹帮着，费五牛二虎的力气，把妹妹的几个最宝贵的破针全利用上，作成一个小红圆盔，戴在头上。然后搬来两张小凳，小坡盘腿坐上一张，那一张摆上些零七八碎的，作为是阿拉伯的买卖人。

"仙，你当买东西的老太婆。记住了，别一买就买成，样样东西都是打价钱的。"

于是仙坡弯着点儿腰，嘴唇往里瘪着些，提着哥哥的书包当篮子，来买东西。她把小凳上的零碎儿一样一样的拿起来瞧，有的在手中颠一颠，有的搁在鼻子上闻一闻，始终不说买哪一件。小坡一手撂在膝上，一手搬着脚后跟，眼看着天花板，好似满不在乎。仙坡一声不出的扭头走开，小坡把手抬起来，手指捏成佛手的样儿，叫仙坡回来。她又把东西全摸了一个过儿，然后拿起一支破铁盒，在手心里颠弄着。小坡说了价钱，仙坡放下铁盒就走。小坡由凳上跳下来，端着肩膀，指如佛手在空中摇画，逼她还个价钱。仙坡只是摇头，小坡不住的端肩膀儿。他拿起铁盒用布擦了擦，然后跑到窗前光明的地方，把铁盒高举，细细的赏玩，似乎决不愿意割舍的样子。仙坡跟过来，很迟疑的还了价钱；小坡的眼珠似乎要弩出来，把铁盒藏在腋下，表示给多少钱也不卖的神气。仙坡又弯着腰走了，他又喊着让价儿……仙坡的腰酸了，只好挺起来；小坡的嘴也说干了，直起白沫；于是这出阿拉伯的扮演无结果的告一结束。

题目为编者加。选自长篇小说《小坡的生日》，最早发表于《小说月报》，1934年生活书店出版

绿草地上的人们

他们多半是以讨论辩驳为主体，把脑瓜儿
挤热羊似的凑在一块儿

　　礼拜下半天，玉石牌楼向来是很热闹的。绿草地上和细
沙垫的便道上，都一圈儿一圈儿的站满了人。打着红旗的工
人，伸着脖子，张着黑粗的大毛手，扯着小闷雷似的嗓子喊
"打倒资本阶级。"把天下所有的坏事全加在资本家的身上，
连昨儿晚上没睡好觉，也是资本家闹的。紧靠着这面红旗，
便是打着国旗的守旧党，脖子伸得更长，（因为戴着二寸高的
硬领儿，脖子是没法缩短的。）张着细白的大毛手，拼着命
喊："打倒社会党！""打倒不爱国的奸细！"把天下所有的
罪恶都撂在工人的肩膀上，连今天早晨下雨，和早饭的时候
煮了一个臭鸡蛋，全是工人捣乱的结果。紧靠着这一圈儿是

打蓝旗的救世军，敲着八角鼓，吹着小笛儿，没结没完的唱圣诗。他们赞美上帝越欢，红旗下的工人嚷得越加劲。有时候圣灵充满，他们唱得惊天动地，叫那边红旗下的朋友不得不用字典上找不出来的字骂街。紧靠着救世军便是天主教讲道的，再过去还有多少圈儿：讲印度独立的，讲赶快灭中国的，讲自由党复兴的；也有什么也不讲，大伙儿光围着个红胡子小干老头儿，彼此对看着笑。

红旗下站着的人们，差不多是小泥烟袋嘴里一叼，双手插在裤兜儿里。台上说什么，他们点头赞成什么。站在国旗下面听讲的，多半是戴着小硬壳儿黑呢帽，点头咂嘴的嘟囔着："对了！""可不是！"有时候两个人说对了劲，同时说出来："对了。"还彼此挤着眼，一咧嘴，从嘴犄角儿挤出个十分之一的笑。至于那些小圈儿就不像这些大圈儿这么整齐一致了。他们多半是以讨论辩驳为主体，把脑瓜儿挤热羊似的凑在一块儿，低着声儿彼此嚼争理儿。此外单有一群歪戴帽，横眉立目的年青小伙子，绕着这些小圈儿，说俏皮话，打哈哈，不为别的，只为招大家一笑，露露自己的精细。圈儿外边围着三五成群的巡警，都是一边儿高，一样的大手大脚，好像伦敦的巡警都是一母所生的哥儿们。

这群人里最出锋头，叫好儿的，是穿红军衣的禁卫军。

他们的腰板儿挺得比图画板还平还直，裤子的中缝像里面撑着一条铁棍儿似的那么直溜溜的立着。个个干净抹腻，脸上永远是笑着，露着雪白的门牙，头发剪得正好露出青青的头皮儿。他们是什么也不听，光在圈儿外边最惹人注目的地方站着，眼睛往四下里溜。站个三五分钟，不知道怎么一股子劲儿，就把胳臂插在姑娘的白手腕上，然后干跺着脚后跟，一同在草地上谈心去了。

青草地上的男男女女，也有脸对脸坐着的，也有搂着脖子躺着的，也有单人孤坐拿着张晚报，不看报，光看姑娘的腿的。一群群的肥狗都撒着欢儿乱跳，莫明其妙的汪汪的咬着。小孩儿们，有的穿着满身的白羊绒，有的从头到脚一身红绒的连脚裤，都拐着胖腿东倒西歪的在草地上跑来跑去，奶妈子们戴着小白风帽，唠里唠叨的跟着这些小神仙们跑。

题目为编者加。选自长篇小说《二马》，
写于1928年，发表于《小说月报》

伊牧师

传教师是非有两副面孔办不了事的

伊牧师是个在中国传过二十多年教的老教师。对于中国事儿，上自伏羲画卦，下至袁世凯作皇上，（他最喜欢听的一件事）他全知道。除了中国话说不好，简直的他可以算一本带着腿的"中国百科全书"。他真爱中国人：半夜睡不着的时候，总是祷告上帝快快的叫中国变成英国的属国；他含着热泪告诉上帝：中国人要不叫英国人管起来，这群黄脸黑头发的东西，怎么也升不了天堂！

伊牧师顺着牛津大街往东走，虽然六十多了，他走得还是飞快。

从太阳一出来直到半夜，牛津大街总是被妇女挤满了的。

这条大街上的铺子，除了几个卖烟卷儿的，差不多全是卖妇女用的东西的。她们走到这条街上，无论有什么急事，是不会在一分钟里往前挪两步的。铺子里摆着的花红柳绿的帽子，皮鞋，小手套，小提箱儿……都有一种特别的吸力，把她们的眼睛，身体，和灵魂一齐吸住。伊牧师的宗教上的尊严到了这条街上至少要减去百分之九十九：往前迈一大步，那支高而碍事的鼻子非碰在老太太的小汗伞上不可；往回一煞步，大皮鞋的底儿（他永远不安橡皮底儿）十之八九是正放在姑娘的小脚指头上；伸手一掏手巾，胳臂肘儿准放在妇人提着的小竹筐儿里……每次他由这条街走过，至少回家要换一件汗衫，两条手巾。至于"对不起"，"没留神"这路的话，起码总说百八十个的。

好容易挤过了牛津圈了，他深深的吸了一口气，说了声"谢谢上帝！"脚底下更加了劲，一直往东走。汗珠子好像雪化了似的从雪白的鬓角儿往下流。

伊牧师虽然六十多岁了，腰板还挺得笔直。头发不多，可是全白了。没留胡子，腮上刮得晶亮；要是脸上没有褶儿，简直的像两块茶青色的磁砖。两只大眼睛，歇歇松松的安着一对小黄眼珠儿。眼睛上面挂着两条肉棱儿，大概在二三十年前棱儿上也长过眉毛。眼睛下面搭拉着一对小眼镜，因为鼻子过高的原故，眼镜和眼睛的距离足有二寸来的；所以从

眼镜框儿上边看东西，比从眼镜中间看方便多了。嘴唇儿很
薄，而且嘴犄角往下垂着一点。传道的时候，两个小黄眼珠
儿在眼镜框儿上一定，薄嘴片往下一垂，真是不用说话，就
叫人发抖。可是平常见了人，他是非常的和蔼；传教师是非
有两副面孔办不了事的。

　　到了博物院街，他往左拐了去。穿过陶灵吞大院，进了
戈登胡同。

　　这一带胡同住着不少中国学生。

　　在伦敦的中国人，大概可以分作两等，工人和学生。工
人多半是住在东伦敦，最给中国人丢脸的中国城。没钱到东
方旅行的德国人，法国人，美国人，到伦敦的时候，总要到
中国城去看一眼，为是找些写小说，日记，新闻的材料。中
国城并没有什么出奇的地方，住着的工人也没有什么了不得
的举动。就是因为那里住着中国人，所以他们要瞧一瞧。就
是因为中国是个弱国，所以他们随便给那群勤苦耐劳，在异
域找饭吃的华人加上一切的罪名。中国城要是住着二十个中
国人，他们的记载上一定是五千；而且这五千黄脸鬼是个个
抽大烟，私运军火，害死人把尸首往床底下藏，强奸妇女不
问老少，和作一切至少该千刀万剐的事情的。作小说的，写
戏剧的，作电影的，描写中国人全根据着这种传说和报告。

然后看戏，看电影，念小说的姑娘，老太太，小孩子，和英国皇帝，把这种出乎情理的事牢牢的记在脑子里，于是中国人就变成世界上最阴险，最污浊，最讨厌，最卑鄙的一种两条腿儿的动物！

二十世纪的"人"是与"国家"相对待的：强国的人是"人"，弱国的呢？狗！

中国是个弱国，中国"人"呢？是——！

中国人！你们该睁开眼看一看了，到了该睁眼的时候了！你们该挺挺腰板了，到了挺腰板的时候了！——除非你们愿意永远当狗！

中国城有这样的好名誉，中国学生当然也不会吃香的。稍微大一点的旅馆就不租中国人，更不用说讲体面的人家了。只有大英博物院后面一带的房子，和小旅馆，还可以租给中国人；并不是这一带的人们特别多长着一分善心，是他们吃惯了东方人，不得不把长脸一拉，不得不和这群黄脸的怪物对付一气。鸡贩子养鸡不见得他准爱鸡，英国人把房子租给中国人又何尝是爱中国人呢。

题目为编者加。选自长篇小说《二马》，

写于1928年，发表于《小说月报》

为中国人找房

你想我能叫两个中国人在我的房子里煮老

鼠吃吗？

　　戈登胡同门牌三十五号是温都寡妇的房子。房子不很大，三层小楼，一共不过七八间房。门外拦着一排绿栅栏。三层白石的台阶，刷得一钉点儿土也没有。一个小红漆门，门上的铜环子擦得晶光。一进门是一间小客厅。客厅后面是一间小饭厅。从这间小饭厅绕过去，由楼梯下去，还有三间小房子。楼上只有三间屋子，临街一间，后面两间。

　　伊牧师离着这个小红门还老远，就把帽子摘下来了。擦了擦脸上的汗，又正了正领带，觉得身上一点缺点没有了，才轻轻的上了台阶。在台阶上又站了一会儿，才拿着音乐家在钢琴上试音的那个轻巧劲儿，在门环上敲了两三下。

一串细碎的脚步儿从楼上跑下来，跟着，门儿稍微开开一个缝儿，温都太太的脸露出一半儿来。

"伊牧师！近来好？"她把门开大了一点，伸出小白手，在伊牧师的手上轻轻的挨了一挨。

伊牧师随着她进去，把帽子和大氅挂在过道儿的衣架上，然后同她进了客厅。

小客厅里收拾得真叫干净爽利，连挂画的小铜钉子都像含着笑。屋子当中铺着一块长方儿的绿毯子，毯子上放着两个不十分大的卧椅。靠着窗户摆着一只小茶几，茶几上一个小三彩中国磁瓶，插着两朵小白玫瑰花。茶几两旁是两把橡木椅子，镶着绿绒的椅垫儿。里手的山墙前面摆着一架小钢琴，琴盖儿上放着两三张照像片儿。琴的前边放着一支小油漆凳儿。凳儿上卧着个白胖白胖的小狮子狗，见伊牧师进来，慌着忙着跳下来，摇头摆尾的在老牧师的腿中间乱蹦。顺着屋门的墙上挂着张油画，两旁配着一对小磁碟子。画儿底下一个小书架子，摆着些本诗集小说什么的。

温都寡妇坐在钢琴前面的小凳儿上，小白狗跳在她怀里，歪着头儿逗伊牧师。

伊牧师坐在卧椅上，把眼镜往上推了一推，开始夸奖小白狗。夸奖了好大半天，才慢慢的说到：

"温都太太，楼上的屋子还闲着吗？"

"可不是吗。"她一手抱着狗，一手把烟碟儿递给伊牧师。

"还想租人吗？"他一面装烟一面问。

"有合适的人才敢租。"她拿着尺寸这么回答。

"有两位朋友，急于找房。我确知道他们很可靠。"他从眼镜框儿上面瞅了她一眼，把"确"字说得特别的清楚有劲。他停顿了一会儿，把声音放低了些；鼻子周围还画出个要笑的圈儿，"两个中国人——"说到"中国"两个字，他的声音差不多将将儿的能叫她听见："两个极老实的中国人。"

"中国人？"温都寡妇整着脸说。

"极老实的中国人！"他又重了一句，又偷偷的看了她一眼。

"对不——"

"我担保！有什么错儿朝我说！"他没等温都太太说完，赶紧把话接过来："我实在没地方给他们找房去，温都太太，你得成全成全我！他们是父子爷儿俩，父亲还是个基督徒。看上帝的面上，你得——"伊牧师故意不再往下说，看看"看上帝的面上"到底发生什么效力不发。

"可是——"温都太太好像一点没把上帝搁在心上，脸上挂着一千多个不耐烦的样子。

伊牧师又没等她说完就插嘴：

"哪怕多要他们一点房租呢！看他们不对路，撵他们搬家，我也就不再——"他觉得往下要说的话似乎和《圣经》的体裁不大相合，于是吸了一口烟，连烟带话一齐咽下去了。

"伊牧师！"温都太太站起来说："你知道我的脾气：这条街的人们靠着租外国人发财的不少，差不多只剩我这一处，宁可少赚钱，不租外国人！这一点我觉得是很可以自傲的！你为什么不到别处给他们找找房呢？"

"谁说没找呢！"伊牧师露着很为难的样子说："陶灵吞大院，高威胡同，都挨着门问到了，房子全不合适。我就是看你的楼上三间小屋子正好，正够他们住的：两间作他们的卧房，一间作书房，多么好！"

"可是，牧师！"她从兜儿里掏出小手绢擦了擦嘴，其实满没有擦的必要："你想我能叫两个中国人在我的房子里煮老鼠吃吗？"

"中国人不——"他正想说："中国人不吃老鼠，"继而一想，这么一说是分明给她个小钉子碰，房子还能租到手吗？于是连忙改嘴："我自然嘱咐他们别吃老鼠！温都太太，我也不耽误你的工夫了；这么说吧：租给他们一个礼拜，看他们不好，叫他们搬家。房租呢，你说多少是多少。旅馆他们住不起，不三不四的人家呢，我又不肯叫两个中国人跟他们打交道。咱们都是真正的基督徒，咱们总得受点屈，成全成全他们爷儿两个！"

温都太太用手搓着小狗脖子下的长毛，半天没言语。心里一个劲儿颠算：到底是多租几个钱好呢，还是一定不伺候杀人放火吃老鼠的中国人好呢？想了半天，还是不能决定；又怕把伊牧师僵在那里，只好顺口支应着：

"他们也不抽鸦片？"

"不！不！"伊牧师连三并四的说。

她跟着又问了无数的问题，把她从小说，电影，戏剧，和传教士造的谣言里所得来的中国事儿，兜着底儿问了个水落石出。问完了，心里又后悔了：这么问，岂不是明明的表示已经有意把房租给他们吗？

"谢谢你！温都太太！"伊牧师笑着说："就这么办了！四镑十五个先令一个礼拜，管早晚饭！"

"不准他们用我的澡盆！"

"对！我告诉他们，出去洗澡。"

伊牧师说完，连小狗儿也没顾得再逗一逗，抓起帽子大氅就跑。跑到街上，找了个清静地方才低声的说：

"他妈的！为两个破中国人……"

题目为编者加。选自长篇小说《二马》，
写于1928年，发表于《小说月报》

父子过关

早知道这么麻烦，要命也不上外国来！

     英国海关上的小官儿们，模样长相虽然不同，可是都有那么一点派头儿，叫长着眼睛的一看，就看得出来他们是干什么的。他们的眼睛总是一只看着人，那一只看着些早已撕破的旧章程本子。铅笔，永远是半截的，在耳朵上插着。鼻子老是皱皱着几个褶儿，为是叫脸上没一处不显着忙的"了不得"的样子。他们对本国人是极和气的，一边查护照，一边打哈哈说俏皮话；遇见女子，他们的话是特别的多。对外国人的态度，就不同了：肩膀儿往起一端，嘴犄角儿往下一扣，把帝国主义十足的露出来；有时候也微微的一笑，笑完了准是不许你登岸。护照都验完，他们和大家一同下了船，故意的搓着手告诉你："天气很冷。"然后还夸奖你的英国话说得不错……

　　马家父子的护照验完了。老马先生有他哥哥的几件公文在手，小马先生有教育部的留学证书，于是平平安安过去，一点麻烦没有。验完护照，跟着去验身体。两位马先生都没有脏病，也没有五痨七伤，于是又平安的过了一关。而且大夫笑着告诉他们：在英国多吃点牛肉，身体还要更好；这次欧战，英国能把德国打败，就是英国兵天天吃牛肉的缘故。身体检查完了，父子又把箱子盒子都打开，叫人家查验东西。幸而他们既没带着鸦片，又没带着军火，只有马先生的几件绸子衣裳，和几筒茶叶，上了十几镑钱的税。马老先生既不知为什么把这些宝贝带来，又不知为什么要上税；把小胡子一撅，糊里糊涂的交了钱完事。种种手续办完，马老先生差点没晕过去；心里说，早知道这么麻烦，要命也不上外国来！

题目为编者加。选自长篇小说《二马》，
写于1928年，发表于《小说月报》

自己吃自己

花钱吃东西，还得他妈的自己端过来，哼！

伊牧师用小黄眼珠绕着弯儿看了老马一眼，跟着向马威说："你们饿不饿？"

"不——"马老先生赶紧把话接过来，一来是：刚到英国就嚷嚷饿，未免太不合体统。二来是：叫伊牧师花钱请客，于心也不安。

伊牧师没等他把"饿"字说出来，就说："你们来吧！随便吃一点东西。不饿？我不信！"

马老先生不好意思再客气，低声的和马威用中国话说："他要请客，别驳他的面子。"

他们父子随着伊牧师从人群里挤出站台来。马威把腰板挺得像棺材板一样的直，脖子梗梗着，喤喤的往前走。马老先生两手撇着，大氅后襟往起撅着一点，慢条斯礼的摇晃着。站台外边的大玻璃棚底下有两三家小酒馆，伊牧师领着他们进了一家。他挑了一张小桌，三个人围着坐下，然后问他们吃什么。马老先生依然说是不饿，可是肚子里直叫唤。马威没有他父亲那样客气，可是初来乍到，不知道要什么好。

伊牧师看出来了：问是没用；于是出了主意："这么着好不好？每人一杯啤酒，两块火腿面包。"说完了，他便走到柜上去要。马威跟着站起来，帮着把酒和面包端过来。老马连一动也没动，心里说："花钱吃东西，还得他妈的自己端过来，哼！"

"我平常不喝酒，"伊牧师把酒杯端起来，对他们说："只是遇着朋友，爱来一杯半碗的喝着玩儿。"他在中国喝酒的时候，总是偷偷的不叫教友们看见，今天和他们父子一块儿喝，不得不这么说明一下。一气下去了半杯，对马威开始夸奖酒馆的干净，然后夸奖英国的有秩序："到底是老英国呀！马威，看见没有？啊！"嚼了一口面包，用假牙细细的磨着，好大半天才咽下去。"马威，晕船没有？"

"倒不觉得怎么的，"马威说："父亲可是始终没起来。"

"我说什么来着？马先生！你还说不饿！马威，再去给你父亲要杯啤酒，啊，也再给我来一杯，爱喝着玩儿。马先生，我已经给你们找好了房，回来我带你们去，你得好好的歇一歇！"

马威又给他们的酒端来，伊牧师一气灌下去，还一个劲儿说："喝着玩儿。"

三个人都吃完了，伊牧师叫马威把酒杯和碟子都送回去，然后对马老先生说："一个人一个先令。不对，咱们俩还多喝着一杯酒，马威是一个先令，你是一个零六，还有零钱？"

老马先生真没想到这一招儿，心里说：几个先令的事，你作牧师的还不花，你算哪道牧师呢！他故意的透着俏皮，反张罗着会伊牧师的账。

"不！不！到英国按着英国法子办，自己吃自己，不让！"伊牧师说。

三个人出了酒馆，伊牧师掏出六个铜子来，递给马威："去，买三张票，两个铜子一张。说：大英博物馆，三张，会不会？"

马威只接过两个铜子，自己掏出四个来，往伊牧师指着的那个小窗户洞儿去买票。

题目为编者加。选自长篇小说《二马》，写于1928年，发表于《小说月报》

温都母女

母亲一张嘴便是讲材料的好坏，女儿一张
嘴便是巴黎出了什么新样子

温都先生死了十几多年了。他只给温都夫人留下一处小房子和一些股票。

每逢温都寡妇想起丈夫的时候，总把二寸见方的小手绢哭湿了两三块。除了他没死在战场上，和没给她留下几百万的财产，她对于死去的丈夫没有什么不满意的地方。可是这些问题是每逢一哭丈夫，就捎带脚儿想起来的。他设若死在战场上，除了得个为国捐躯的英名，至少她还不得份儿恤金。恤金纵然赶不上几百万财产，到底也可以叫她一年多买几顶新帽子，几双长筒的丝袜子；礼拜天不喜欢上教堂的时候，还可以喝瓶啤酒什么的。

在她丈夫死后不久，欧洲就打开了大仗。她一来是为爱国，二来为挣钱，到一个汽油公司里去打字。那时候正当各处缺人，每个礼拜她能挣到三镑来钱。在打字的时候，忽然想起男人来，或者是恨男人死得早，错过了这个尽忠报国的机会，她的泪珠儿随着打字机键子的一起一落，吧哒吧哒的往下落。设若他还活着，至不济还不去打死百八十来个德国兵！万一把德皇生擒活捉，他岂不升了元帅，她还不稳稳当当的作元帅太太！她越这么想，越恨德国人，好像德国故意在她丈夫死后才开仗，成心不叫温都先生得个"战士"的英名。杀德国人！鸡犬不留！这么一想，手下的打字机响得分外有劲；打完了一看，竟会把纸戳破了好几个小窟窿——只好重新再打！

温都姑娘的年纪比她母亲小着一半。出了学校，就入了六个月的传习所，学习怎么卖帽子，怎么在玻璃窗里摆帽子，怎么替姑娘太太往头上试帽子……出了传习所，就在伦敦城里帽铺找了个事，一个礼拜挣十六个先令。

温都寡妇在大战的时候剩了几个钱，战后她只在公司缺人的时候去帮十天半个月的忙，所以她总是在家里的时候多，出门的时候少。温都姑娘念书的时候，母女老是和和气气的，母亲说什么，女儿听什么。到了温都姑娘上帽铺作事以后，母女的感情可不像先前那么好了；时常的母女一顶一句的拌嘴。"叫她去她的！黄头发的小东西子！"温都太太含着泪对小狗儿说。说完，还在狗的小尖耳朵上要个嘴儿，小狗儿有时候也傻瓜似的陪着吊一对眼泪。

吃饭时间的问题，就是她们俩拌嘴的一个大原因。母亲是凡事有条有款，有一定的时候。女儿是初到外边作事，小皮包里老有自己挣的几个先令，回家的时候在卖糖的那里看几分钟，裁缝铺外边看几分钟，珠宝店外又看几分钟。一边看一边想：等着，慢慢的涨薪水，买那包红盒子的皮糖，买那件绿绸子绣边儿的大衫。越看越爱看，越爱看越不爱走，把回家那回事简直的忘死了。不但光是回来晚了，吃完晚饭，立刻扣上小帽子，小鸟儿似的又飞出去了。她母亲准知道女儿是和男朋友出去玩，这本来不算怎么新奇；她所不高兴的是：姑娘夜间回来，把和男人出去的一切经过，没结没完的告诉母亲。跟着，还谈好些个结婚问题，离婚问题，谈得有来有去，一点拘束没有。有一回伊牧师来看她们，温都姑娘把情人给她的信，挑了几篇长的，念给老牧师听；牧师本是来劝温都姑娘礼拜天去上教堂，一听姑娘念的信，没等劝她，拿起帽子就跑了。

温都太太年青的时候，一样的享过这种爱的生活。可是她的理想和她女儿的不同了。她心目中的英雄是一拳打死老虎，两脚踹倒野象，可是一见女人便千般的柔媚，万般的奉承。女的呢，总是腰儿很细，手儿很小，动不动就晕过去，晕的时候还永远是倒在英雄的胳臂上。这样的英雄美人，只能在月下花前没人的地方说些知心话，小树林里偷偷的要个嘴儿。如今温都姑娘的爱的理想和经验，与这种小说式的一点也不同了：一张嘴便是结婚后怎么和情人坐汽车一点钟跑八十英里；怎么性情不相投就到法厅离婚；怎么喜欢嫁个意大利的厨子，好到意国去看看莫索里尼到底长着胡子没有；要不然就是嫁个俄国人，到莫斯科去看一眼。专为看俄国妇人的裙子是将盖住磕膝盖儿，还是简直的光腿不穿裙子。

温都寡妇自从丈夫死后，有时候也想再嫁。再嫁最大的难处是经济问题，没有准进项的男人简直不敢拉拢。可是这点难处，她向来没跟别人提过。爱情的甜美是要暗中咂摸的，就是心中想到经济问题，也不能不设法包上一层爱的蜜皮儿。

"去！去！嫁那个俄国鬼去！"温都太太急了，就这样对她女儿说。

"那是！在莫斯科买皮子一定便宜，叫他给我买一打皮袄，一天换一件，看美不美？啊？妈妈！"温都姑娘撒着娇儿说。

温都太太一声不出，抱着小狗睡觉去了。

温都姑娘不但关于爱情的意见和母亲不同，穿衣裳，戴帽子，挂珠子的式样也都不一样。她的美的观念是：什么东西都是越新越好，自要是新的便是好的，美不美不去管。衣裳越短越好，帽子越合时样越好。据她看：她母亲的衣裳都该至少剪去一尺；母亲的帽子不但帽沿儿大得过火，帽子上的长瓣子花儿更可笑的要命。母亲一张嘴便是讲材料的好坏，女儿一张嘴便是巴黎出了什么新样子。说着说着，母女又说僵了。

母亲说："你要是再买那小鸡蛋壳似的帽子，不用再跟我一个桌儿上吃饭！"

女儿回答："你要是还穿那件乡下老的青褂子，我再不和你一块儿上街！"

母女的长相儿也不一样。温都太太的脸是长长儿的，自上而下的往下溜，溜到下巴颏儿只剩下尖尖的一个小三角儿。浅黄的头发，已经有了几根白的，盘成两个圆髻儿，在脑瓢上扣着。一双黄眼珠儿，一只小尖鼻子，一张小薄嘴，只有笑的时候，才能把少年的俊俏露出一点来。身量不高，戴上宽沿帽子的时候更显得矮了。

　　温都姑娘和她母亲站在一块儿，她要高出一头来。那双大脚和她母亲的又瘦又尖的脚比起来，她们娘儿俩好像不是一家的人。因为要显着脚小，她老买比脚小着一号儿的皮鞋；系上鞋带儿，脚面上凸出两个小肉馒头。母亲走道儿好像小公鸡啄米粒儿似的，一逗一逗的好看。女儿走起道儿来是咚咚的山响，连脸蛋上的肉都震得一哆嗦一哆嗦的。顺着脚往上看，这一对儿长腿！裙子刚压住磕膝盖儿，连袜子带腿一年到头的老是公众陈列品。衣裳短，裙子瘦，又要走得快，于是走道儿的时候，总是介乎"跑"与"扭"之间；左手夹着旱伞皮包，右手因而不能不僵着一点摇晃，只用手腕贴着大腿一个一个的从左而右画半圆的小圈。帽子将把脑袋盖住，脖子不能不往回缩着一点。（不然，脖子就显着太长了。）这样，周身上下整像个扣着盖儿的小圆缩脖坛子。

　　她的脸是圆圆的，胖胖的。两个笑涡儿，不笑的时候也老有两个像水泡儿将散了的小坑儿。黄头发剪得像男人一样。蓝眼珠儿的光彩真足，把她全身的淘气，和天真烂漫，都由这两个蓝点儿射发出来。笑涡四围的红润，只有刚下树儿的嫩红苹果敢跟她比一比。嘴唇儿往上兜着一点，而且是永远微微的动着。

　　温都太太看着女儿又可爱又可气，时常的说："看你的腿！裙子还要怎么短！"

　　女儿把小笑涡儿一缩，拢着短头发说："人家都这样吗！
妈！"

题目为编者加。选自长篇小说《二马》，

写于1928年，发表于《小说月报》

初来乍到

在讲狗史的时候，温都太太用"眉毛"看
了看他们父子

　　温都太太整忙了一早晨，把楼上三间屋子全收拾得有条
有理。头上罩着块绿绸子，把头发一丝不乱的包起来。袖子
挽到胳臂肘儿上面，露着胳臂上的细青筋，好像地图上画着
的山脉。裤子上系着条白布围裙。把桌子全用水洗了一遍。
地毯全搬到小后院细细的抽了一个过儿。地板用油擦了。擦
完了电灯泡儿，还换上两个新绿纱灯罩儿。

　　收拾完了，她插着手儿四围看了看，觉得书房里的粉色
窗帘，和墙上的蓝花儿纸不大配合，又跑到楼下，把自己屋
里的那幅浅蓝地，细白花的，摘下来换上。换完了窗帘，坐
在一把小椅子上，把手放在磕膝盖儿上，轻轻的叹了口气。

然后把"拿破仑"（那只小白胖狗）叫上来，抱在怀里；歪着头儿，把小尖鼻子搁在拿破仑的脑门儿上，说："看看！地板擦得亮不亮？窗户帘好看不好看？"拿破仑四下瞧了一眼，摇了摇尾巴。"两个中国人！他们配住这个房吗？"拿破仑又摇了摇尾巴。温都太太一看，狗都不爱中国人，心中又有点后悔了："早知道，不租给他们！"她一面叨唠着，一面抱着小狗下楼去吃午饭。

　　吃完了饭，温都太太慌忙着收拾打扮：把头发重新梳了一回，脸上也擦上点粉，把最心爱的那件有狐皮领子的青绉子袄穿上，（英国妇女穿皮子是不论时节的。）预备迎接客人。她虽然由心里看不起中国人，可是既然答应了租给他们房子，就得当一回正经事儿作。换好了衣裳，才消消停停的在客厅里坐下，把狄·昆西的《鸦片鬼自状》找出来念；为是中国客人到了的时候，好有话和他们说。

　　快到了温都太太的门口，伊牧师对马老先生说："见了房东太太，她向你伸手，你可以跟她拉手；不然，你向她一点头就满够了。这是我们的规矩，你不怪我告诉你吧？"

　　马先生不但没怪伊牧师教训他，反说了声"谢谢您哪！"

　　三个人在门外站住，温都太太早已看见了他们。她赶紧又掏出小镜子照了一照，回手又用手指头肚儿轻轻的按按耳后的髻儿。听见拍门，才抱着拿破仑出来。开开了门，拿破仑把耳朵竖起来吧吧的叫了两声。温都太太连忙的说："淘气！不准！"小狗儿翻了翻眼珠，把耳朵搭拉下去，一声也不出了。

温都太太一手抱着狗，一手和伊牧师握手。伊牧师给马家父子和她介绍了一回，她挺着脖梗儿，只是"下巴颏儿"和眉毛往下垂了一垂，算是向他们行了见面礼。马老先生深深鞠了一躬，他的腰还没直起来，她已经走进客厅去了。马威提着小箱儿，在伊牧师背后瞪了她一眼，并没行礼。三个人把帽子什么的全放在过道儿，然后一齐进了客厅。温都太太用小手指头指着两个大椅请伊牧师和马老先生坐下，然后叫马威坐在小茶几旁边的椅子上，她自己坐在钢琴前面的小凳儿上。

伊牧师没等别人说话，先夸奖了拿破仑一顿。温都太太开始讲演狗的历史，她说一句，他夸一声好，虽然这些故事他已经听过二十多回了。

在讲狗史的时候，温都太太用"眉毛"看了看他们父子。看着：这俩中国人倒不像电影上的那么难看，心中未免有点疑惑：他们也许不是真正中国人；不是中国人？又是……

老马先生坐着的姿式，正和小官儿见上司一样规矩：脊梁背儿正和椅子垫成直角，两手拿着劲在膝上摆着。小马先生是学着伊牧师，把腿落在一块儿，左手插在裤兜儿里。当伊牧师夸奖拿破仑的时候，他已经把屋子里的东西看了一个过儿；伊牧师笑的时候，他也随着抿抿嘴。

"伊牧师，到楼上看看去？"温都太太把狗史讲到一个结束，才这样说："马先生？"

老马先生看着伊牧师站起来，也僵着身子立起来；小马先生没等让，连忙站起来替温都太太开开门。

到了楼上，温都太太告诉他们一切放东西的地方。她说一句，伊牧师回答一句："好极了！"

题目为编者加。选自长篇小说《二马》，

写于1928年，发表于《小说月报》

中国茶的功效

小嘴微微的张着一点，细细的看筒上的小
方块中国字

马老先生听伊牧师说：请温都寡妇喝茶，心里一动。低
声的问马威："咱们的茶叶呢？"

马威说小箱儿里只有两筒，其余的都在大箱子里呢。

"你把小箱子带来了不是？"马老先生问。

马威告诉父亲，他把小箱子带来了。

"拿过来！"马老先生沉着气说。

马威把小箱子打开，把两筒茶叶递给父亲。马老先生一
手托着一筒，对他们说："从北京带来点茶叶。伊牧师一筒，
温都太太一筒，不成敬意！"说完把一筒交给伊牧师，那
一筒放在钢琴上了；男女授受不亲，哪能交给温都太太的手

里呢!

伊牧师在中国多年，知道中国人的脾气，把茶叶接过去，对温都寡妇说："准保是好茶叶！"

温都太太忙着把拿破仑放在小凳上，把茶叶筒拿起来。小嘴微微的张着一点，细细的看筒上的小方块中国字，和"嫦娥奔月"的商标。

"多么有趣！有趣！"她说着，正式的用眼睛——不用眉毛了——看了马老先生一眼。"我可以这么白白的收这么好的东西吗？真是给我的吗？马先生！"

"可不是真的！"马先生撅着小胡子说。

"呕！谢谢你，马先生！"

伊牧师跟温都太太要了张纸，把茶叶筒包好，一边包，一边说："伊太太最爱喝中国茶。马先生，她喝完你的茶，看她得怎么替你祷告上帝！"

把茶叶筒儿包好，伊牧师楞了一会儿，全身纹丝不动，只是两个黄眼珠慢慢的转了几个圈儿。心里想：白受他的茶叶不带他们出去逛一逛，透着不大和气；再说当着温都太太，总得显一手儿，叫她看看咱这传教的到底与众不同；虽然心里真不喜欢跟着两个中国人在街上走。

"马先生，"伊牧师说："明天见。带你们去看一看伦敦；

明天早点起来呀！"他说着出了屋门，把茶叶筒卷在大氅里，在腋下一夹；单拿着那个圆溜溜的筒儿，怕人家疑心是瓶酒；传教师的行为是要处处对得起上帝的。

马老先生要往外送，伊牧师从温都太太的肩膀旁边对他摇了摇头。

温都太太把伊牧师送出去，两个人站在门外，又谈了半天。马老先生才明白伊牧师摇头的意思。心里说："洋鬼子颇有些讲究，跟他们非讲圈套不可呢！"

"看这俩中国人怎样？"伊牧师问。

"还算不错！"温都太太回答："那个老头儿倒挺漂亮的，看那筒茶叶！"

题目为编者加。选自长篇小说《二马》，

写于1928年，发表于《小说月报》

英式早餐

她没说什么，可是脸像小帘子似的撂下来了

　　温都母女平常是在厨房吃早饭的。因为马家父子来了，所以改在小饭厅里。马威进了饭厅，温都太太还在厨房里，只有温都姑娘在桌子旁边坐着，手里拿着张报纸，正看最新式帽子的图样。见马威进来，她说了声："咳喽！"头也没抬，还看她的报。

　　她只穿着件有肩无袖的绿单衫，胸脯和胳臂全在外边露着。两条白胖的胳臂好像一对不知道用什么东西作的一种象牙：又绵软，又柔润，又光泽，好像还有股香味儿。

　　马威端了端肩膀，说了声："天气不错？"

　　"冷！"她由红嘴唇挤出这么个字来，还是没看他。

温都太太托着茶盘进来，问马威："你父亲呢？"

"恐怕还没起呢。"马威低声儿说。

她没说什么，可是脸像小帘子似的摺下来了。她坐在她女儿的对面，给他们倒茶。她特意沏的马先生给的茶叶，要不是看着这点茶叶上面，她非炸了不可。饶这么着，倒茶的时候还低声说了一句："反正我不能做两回早饭！"

"谁叫你把房租给中国人呢！"温都姑娘把报纸扔在一边，歪着头儿向她母亲说。

马威脸上一红，想站起来就走。皱了皱眉，——并没往起站。

温都姑娘看着他，笑了，好像是说："中国人，挨打的货！就不会生气！"

温都太太看了她女儿一眼，赶紧递给马威一碗茶，跟着说："茶真香！中国人最会喝茶。是不是？"

"对了！"马威点了点头。

温都太太咬了口面包，刚要端茶碗，温都姑娘忙着拉了她一把："招呼毒药！"她把这四字说得那么诚恳，自然；好像马威并没在那里；好像中国人的用毒药害人是千真万确，一点含忽没有的。她的嘴唇自自然然的颤了一颤，让你看出来：她决没意思得罪马威，也决不是她特意要精细；她的话纯是"自然而然"说出来的，没心得罪人，她就不懂得什么叫得罪人。自要戏里有个中国人，他一定是用毒药害人的。电影，小说，也都是如此。温都姑娘这个警告是有历史的，是含着点近于宗教信仰的：回回不吃猪肉，谁都知道；中国人用毒药害人———一种信仰！

……

温都姑娘警告她母亲留心毒药以后，想起前几天看的那个电影：一个英国英雄打死了十几个黄脸没鼻子的中国人，打得真痛快，她把两只肉嘟嘟的手都拍红了，红得像搁在热水里的红胡萝卜。她想入了神，一手往嘴里送面包，一手握着拳在桌底下向马威比画着心里说：不光是英国男子能打你们这群找揍的货，女英雄也能把你打一溜跟头！心里也同时想到她的朋友约翰：约翰在上海不定多么出锋头呢！他那两只大拳头，一拳头还不捶死几十个中国鬼！她的蓝眼珠一层一层的往外发着不同的光彩，约翰是她心目中的英雄！……他来信说："加入义勇军，昨天一排枪打死了五个黄鬼，内中还有个女的！"……"打死个女人，不大合人道！"温都姑娘本来可以这样想，可是，约翰打死的，打死的又是个中国女人；她只觉得约翰的英勇，把别的都忘了……报纸上说：中国人屠宰了英国人，英国人没打死半个中国人，难道约翰是吹牛撒谎?

题目为编者加。选自长篇小说《二马》,

写于1928年,发表于《小说月报》

上坟

她正哭得高兴，忽然把手伸出来："钱呢！"

赶车的真是挑着清静道儿走。一会儿向东，一会儿往西，绕过一片草地，又进了一个小胡同……走了四五十分钟，到了个空场儿。空场四围圈着一人来高的铁栅栏，栅栏里面绕着圈儿种着一行小树。草地上高高矮矮的都是石桩和石碑。伦敦真有点奇怪：热闹的地方是真热闹，清静的地方是真清静。

车顺着铁栏杆转，直转到一个小铁门才站住。父子下了车，马威打算把车打发了，马老先生非叫车等着不可。小铁门里边有间小红房子，孤孤零仃的在那群石桩子前面站着，山墙上的小烟筒曲曲弯弯的冒着一股烟儿。他们敲了敲那个小铁门，小红屋子的门开了一个缝儿。门缝儿越开越大，慢慢的一个又圆又胖的脸探出来了。两腮一凸一凹的大概是正嚼着东西。门又开大了一些，这个胖脸和脸以下的那些东西全露出来，把这些东西凑在一块儿，原来是个矮胖的小老太太。

　　老太太的脸上好像没长着什么玩艺儿，光是"光出溜的"一个软肉球。身上要是把胳臂腿儿去了，整个儿是个小圆辘轴。她一面用围裙擦着嘴，一面问他们找谁的坟墓。她走到他们跟前，他们才看出来：她的脸上确是五官俱全，而且两只小眼睛是笑眯眯的；说话的时候露出嘴里只有一个牙，因为没有什么陪衬，这一个牙看着又长又宽，颇有独霸一方的劲儿。

　　"我们找马先生的坟，一个中国人。"马威向老太太说。她已经擦完了嘴，用力把手往上凑，大概是要擦眼睛。

　　"我知道，记得！去年秋天死的！怪可怜的！"老太太又要往起撩围裙："棺材上有三个花圈，记得！秋天——十月七号。头一个中国人埋在这里，头一个！可怜！"说着，老太太的眼泪在脸上横流；脸上肉太多，泪珠不容易一直流下来。"你们跟我来，我知道，记得！"老太太开始向前走，小短腿像刚孵出来的小鸭子的；走的时候，脸上的肉一哆嗦一哆嗦的动，好像冬天吃的鱼冻儿。

他们跟着老太太走，走了几箭远，她指着一个小石桩子说："那里！"马家父子忙着过去，石桩上的姓名是个外国人的。他们刚要问她，她又说了："不对！不对！还得走！我知道，记得！那里——头一个中国人！"

又走了一两箭远，马威眼快，看见左边一块小石碑，上面刻着中国字；他拉了马老先生一把，两个人一齐走过去。

"对了！就是那里！记得！知道！"老太太在后面用胖手指着他们已经找着的石碑说。

石碑不过有二尺来高，上面刻着马威伯父的名字，马唯仁，名字下面刻着生死年月。碑是用人造石作的，浅灰的地儿，灰紫色的花纹。石碑前面的花圈已经叫雨水冲得没有什么颜色了，上面的纸条已早被风刮去了。石碑前面的草地上，淡淡的开着几朵浅黄野花，花瓣儿上带着几点露水，好像泪珠儿。天上的黑云，地上的石碑和零散的花圈，都带出一股凄凉惨淡的气象；马老先生心中一阵难过，不由的落下泪来；马威虽然没有看见过他的伯父，眼圈儿也红了。

马老先生没管马威和那个老太太，跪在石碑前头恭恭敬敬的磕了三个头，低声的说："哥哥！保佑你兄弟发财，把你的灵运回中国去吧！"说到这里，他不觉的哭得失了声。

　　马威在父亲背后向石碑行了三鞠躬礼。老太太已经走过来，哭得满脸是水，小短胳臂连围裙都撩不起来了，只好用手在脸上横来竖去的抹。

　　哭着哭着，她说了话："要鲜花不要？我有！"

　　"多少钱？"马威问。

　　"拿来！"马老先生在那里跪着说。

　　"是，我拿去，拿去。"老太太说完，撩着裙子，意思是要快跑，可是腿腕始终没有一点弯的趋向，干跺着脚，前仰后合的走了。去了老大半天才慢慢的扭回来，连脖子带脸全红得像她那间小红房子的砖一样。一手撩着裙子，一手拿着一把儿杏黄的郁金香。

　　"先生，花儿来了。真新鲜！知道——"说着，哆哩哆嗦的把花交给马老先生。他捡起一个花圈来，重新把铁条紧了一紧，把花儿都插上；插好了，把花圈放在石碑前面；然后退了两步，端详了一番，眼泪又落下来了。

　　他哭了，老太太也又哭了。"钱呢！"她正哭得高兴，忽然把手伸出来："钱呢！"

　　马老先生没言语，掏出一张十个先令的票子递给她了。

　　她看了看钱票，抬起头来细细的看了看马老先生："谢谢！谢谢！头一个中国人埋在这里。谢谢！我知道。谢谢！

盼着多死几个中国人，都埋在这里！"这末两句话本来是她对自己说的，可是马家父子听得真真的。

题目为编者加。选自长篇小说《二马》，
写于1928年，发表于《小说月报》

关于歇夏

英国人真是没听说过，世界上会有终年干活，不歇工的！

春天随着落花走了，夏天披着一身的绿叶儿在暖风儿里跳动着来了。伦敦也居然有了响晴的蓝天，戴着草帽的美国人一车一车的在街上跑，大概其的看看伦敦到底什么样儿。街上高杨树的叶子在阳光底下一动一动的放着一层绿光，楼上的蓝天四围挂着一层似雾非雾的白气；这层绿光和白气叫人觉着心里非常的痛快，可是有一点发燥。顶可怜的是大"牛狗"，把全身的力量似乎都放在舌头上，喘吁吁的跟着姑娘们腿底下跑。街上的车更多了，旅行的人们都是四五十个坐着一辆大汽车，戴着各色的小纸帽子，狼嚎鬼叫的飞跑，简直的要把伦敦挤破了似的。车站上，大街上，汽车上，全花红柳绿的贴着避暑的广告。街上的人除了左右前后的躲车马，都好像心里盘算着怎样到海岸或乡下去歇几天。姑娘们更显着漂亮了，一个个的把白胳臂露在外面，头上戴着压肩的大草帽，帽沿上插着无奇不有的玩艺儿，什么老中国绣花荷包咧，什么日本的小磁娃娃咧，什么驼鸟翎儿咧，什么大朵的鲜蜀菊花咧……坐在公众汽车的顶上往下看，街两旁好像走着无数的大花蘑菇。

每逢马威看到这种热闹的光景，他的大眼睛里总含着两颗热泪，他自言自语的说："看看人家！挣钱，享受！快乐，希望！看看咱们，省吃俭用的苦耐——省下两个铜子还叫兵大爷抢了去！哼！……"

温都姑娘从五月里就盘算着到海岸上去歇夏，每天晚上和母亲讨论，可是始终没有决定。母亲打算到苏格兰去看亲戚，女儿嫌车费太贵，不如到近处海岸多住几天。母亲改了主意要和女儿到海岸去，女儿又觉着上苏格兰去的锋头比上海岸去的高的多。母亲刚要给在苏格兰的亲戚写信，女儿又想起来了：海岸上比苏格兰热闹的多。本来姑娘们的歇夏并不为是歇着，是为找个人多的地方欢蹦乱跳的闹几天：露露新衣裳，显显自己的白胳臂；自然是在海岸上还能露露白腿。于是母亲一句，女儿一句，本着英国人的独立精神，一人一个主意，谁也不肯让谁，越商量双方的意见越离的远。

有一天温都太太说了：

"玛力！咱们不能一块儿去；咱们都走了，谁给马先生作饭呢！"（玛力是温都姑娘的名字。）

"叫他们也去歇夏呀！"温都姑娘说，脸上的笑涡一动一动的像个小淘气儿。

"我问过马老先生了，他不歇工！"温都太太把"不"字说得特别有力，小鼻子尖儿往上指着，好像要把棚顶上倒落着的那个苍蝇哄跑似的——棚顶上恰巧有个苍蝇。

"什么？什么？"玛力把眼睛睁得连眼毛全一根一根的立起来了："不歇夏？没听说过！"——英国人真是没听说过，世界上会有终年干活，不歇工的！

题目为编者加。选自长篇小说《二马》，

写于1928年，发表于《小说月报》

伊太太

她不许她的儿女和中国小孩子们一块儿玩

在蓝加司特街的一所小红房子里，伊太太下了命令：请马家父子，温都母女，和她自己的哥哥吃饭。第一个说"得令"的，自然是伊牧师。伊夫人在家庭里的势力对于伊牧师是绝对的。她的儿女，（现在都长成人了）有时候还不能完全服从她。儿女是越大越难管，丈夫是越老越好管教；要不怎么西洋女子多数挑着老家伙嫁呢。

伊太太不但嘴里出命令，干脆的说，她一身全是命令。她一睁眼，——两只大黄眼睛，比她丈夫的至少大三倍，而且眼皮老肿着一点儿——丈夫，女儿，儿子全鸦雀无声，屋子里比法庭还严肃一些。

她长着一部小黑胡子，挺软挺黑还挺长；要不然伊牧师怎不敢留胡子呢，他要是也有胡子，那不是有意和她竞争吗！她的身量比伊牧师高出一头来，高，大，外带着真结实。脸上没什么肉，可是所有的那些，全好像洋灰和麻刀作成的，真叫有筋骨！鼻子两旁有两条不浅的小沟，一直通到嘴犄角上；哭的时候，（连伊太太有时候也哭一回！）眼泪很容易流到嘴里去，而且是随流随干，不占什么时间。她的头发已经半白了，歇歇松松的在脑后挽着个髻儿，不留神看，好像一团絮鞋底子的破干棉花。

伊牧师是在天津遇见她的，那时候她鼻子旁边的沟儿已经不浅，可是脑后的髻儿还不完全像干棉花。伊牧师是急于成家，她是不反对有个丈夫，于是他们三七二十一的就结了婚。她的哥哥，亚力山大，不大喜欢作这门子亲；他是个买卖人，自然看不起讲道德说仁义，而挣不了多少钱的一个小牧师；可是他并没说什么；看着她脸上的两条沟儿，和头上那团有名无实的头发，他心里说："嫁个人也好，管他是牧师不是呢！再搁几年，她脸上的沟儿变成河道，还许连个牧师也弄不到手呢！"这么一想，亚力山大自己笑了一阵，没对他妹妹说什么。到了结婚的那天，他还给他们买了一对福建漆瓶。到如今伊太太看见这对瓶子就说："哥哥多么有审美的能力！这对瓶子至少还不值六七镑钱！"除了这对瓶子，亚力山大还给了妹妹四十镑钱的一张支票。

他们的儿女（正好一儿一女，不多不少，不偏不向。）都是在中国生的，可是都不很会说中国话。伊太太的教育原理是：小孩子们一开口就学下等言语——如中国话，印度话等等。——以后绝对不能有高尚的思想。比如一个中国小孩儿在怀抱里便说英国话，成啦，这个孩子长大成人不会像普通中国人那么讨厌。反之，假如一个英国孩子一学话的时候就说中国话，无论怎样，这孩子也不会有起色！英国的茄子用中国水浇，还能长得薄皮大肚一兜儿水吗！她不许她的儿女和中国小孩子们一块儿玩，只许他们对中国人说必不可少的那几句话，像是："拿茶来！""去！""一只小鸡！"……每句话后面带着个"！"。

伊牧师不很赞成这个办法，本着他的英国世传实利主义，他很愿意叫他的儿女学点中国话，将来回国或者也是挣钱的一条道儿。可是他不敢公然和他的夫人挑战；再说伊太太也不是不明白实利主义的人，她不是不许他们说中国话吗，可是她不反对他们学法文呢。其实伊太太又何尝看得起法文呢；天下还有比英国话再好的！英国贵族，有学问的人，都要学学法文，所以她也不情愿甘落人后；要不然，学法文？噢！

題目为编者加。选自长篇小说《二马》，写于1928年，发表于《小说月报》

英国姐姐

人生，据我看，只有两件快活事

在保罗的书房里，伊姑娘坐在她兄弟的转椅上，马威站在书架前面看：书架里大概有二三十本书，莎士比亚的全集已经占去十五六本。墙上挂着三四张彩印的名画，都是保罗由小市上六个铜子一张买来的。书架旁边一张小桌上摆着一根鸦片烟枪，一对新小脚儿鞋，一个破三彩鼻烟壶儿，和一对半绣花的旧荷包。

保罗的朋友都知道他是在中国生的，所以他不能不给他们些中国东西看。每逢朋友来的时候，他总是把这几件宝贝编成一套说词：裹着小脚儿抽鸦片，这是装鸦片的小壶，这是装小壶之荷包。好在英国小孩子不懂得中国事，他怎说怎好。

"这就是保罗的收藏啊？"马威回过身来向凯萨林笑着说。

伊姑娘点了点头。

她大概有二十七八岁的样子。像她父亲，身量不高，眼睛大，可是眼珠儿小。头发和她母亲的一样多，因为她没有她妈妈那样高大的身量，这一脑袋头发好像把她的全身全压得不轻俏了。可是她并不难看，尤其是坐着的时候，小脊梁一挺，带光的黄头发往后垂着，颇有一点东方妇女的静美。说话的时候，嘴唇上老带着点笑意，可是不常笑出来。两只手特别肥润好看，不时的抬起来拢拢脑后的长头发。

"马威，你在英国还舒服吧？"伊姑娘看着他问。

"可不是！"

"真的？"她微微的一笑。

马威低着头摆弄桌上那个小烟壶，待了半天才说：

"……那天高耳将军讲演英国往上海送兵的事，特意请父亲去听。高耳将军讲到半中腰，指着我父亲说：'英国兵要老在中国，是不是中国人的福气造化？我们问问中国人，马先生，你说——'好，父亲站起来规规矩矩的说：'欢迎英国兵！'"

"那天有位老太太告诉他，中国衣裳好看。他第二天穿上绸子大褂满街上走，招得一群小孩子在后面叫他Chink！他要是自动的穿中国衣裳也本来没有什么；不是，他只是为穿上讨那位老太婆的喜欢。姐姐，你知道，我父亲那一辈的中国人是被外国人打怕了，一听外国人夸奖他们几句，他们觉得非常的光荣。他连一钉点国家观念也没有，没有——"

伊姑娘笑着叹了一口气。

"国家主义。姐姐，只有国家主义能救中国！我不赞成中国人，像日本人一样，造大炮飞艇和一切杀人的利器；可是在今日的世界上，大炮飞艇就是文明的表现！普通的英国人全咧着嘴笑我们，因为我们的陆海军不成。我们打算抬起头来，非打一回不可！——这个不合人道，可是不如此我们便永久不用想在世界上站住脚！"

"马威！"伊姑娘拉住马威的手："马威！好好的念书，不用管别的！我知道你的苦处，你受的刺激！可是空暴燥一回，能把中国就变好了吗？不能！当国家乱的时候，没人跟你表同情。你就是把嘴说破了，告诉英国人，法国人，日本人：'我们是古国，古国变新了是不容易的，你们应当跟我们表同情呀，不应当借火打劫呀！'这不是白饶吗！人家看你弱就欺侮你，看你起革命就讥笑你，国与国的关系本来是你死我活的事。除非你们自己把国变好了，变强了，没人看得起你，没人跟你讲交情。马威，听我的话，只有念书能救国；中国不但短大炮飞艇，也短各样的人材；除了你成了个人材，你不配说什么救国不救国！！现在你总算有这个机会到外国来，看看外国的错处，看看自己国家的错处，——咱们都有错处，是不是？——然后冷静的想一想。不必因着外面的些个刺激，便瞎生气。英国的危险是英国人不念书；看保罗的这几本破书，我妈妈居然有脸叫你来看；可是，英国真有几位真念书的，真人材；这几个真人材便叫英国站得住脚。一个人发明了治霍乱的药，全国的人，全世界的人，便随着享福。一个人发明了电话，全世界的人跟着享受。从一有世界直到世界消灭的那天，人类是不能平等的，永远是普通人随着几个真人物脚后头走。中国人的毛病也是不念书，中国所以不如英国的，就是连一个真念书的人物也没有。马威，不用瞎着急，念书，只有念书！你念什么？商业，好，只有你能真明白商业，你才能帮助你的同胞和外国商人竞争！至于马老先生，你和李子荣应当强迫他干！我知道你的难处，你一方面要顾着你们的孝道，一方面又看着眼前的危险；可是二者不可得兼，从英国人眼中看，避危险比糊涂的讲孝道好！我生在中国，我可以说我知道一点中国事；我是个英国人，我又可以说我明白英国事；拿两国不同的地方比较一下，往往可以得到一个很明确妥当的结论。马威，你有什么过不去的地方，请找我来，我要是不能帮助你，至少我可以给你出个主意。"

"你看，马威！我在家里也不十分快乐：父母和我说不到一块儿，兄弟更不用提；可是我自己有我自己的事，作完了事，念我的书，也就不觉得有什么苦恼啦！人生，据我看，只有两件快活事：用自己的知识，和得知识！"

说到这里，凯萨林又微微的一笑。

"马威！"她很亲热的说："我还要多学一点中文，咱们俩交换好不好？你教我中文，我教你英文，可是——"她用手拢了拢头发，想了一会儿："在什么地方呢？我不愿意叫你常上这儿来，实在告诉你说，母亲不喜欢中国人！上你那里去？你们——"

"我们倒有间小书房，"马威赶紧接过来说："可是叫你来回跑道儿，未免——"

"那倒不要紧，因为我常上博物院去念书，离你们那里不远。等等，我还得想想；这么着吧，你听我的信吧！"

谈到念英文，凯萨林又告诉了马威许多应念的书籍，又告诉他怎么到图书馆去借书的方法。

"马威，咱们该到客厅瞧瞧去啦。"

"姐姐，我谢谢你，咱们这一谈，叫我心里痛快多了！"马威低声儿说。

凯萨林没言语，微微的笑了笑。

题目为编者加。选自长篇小说《二马》，

写于1928年，发表于《小说月报》

去酒馆

"喝！老天爷！来了个Chink！[1]"

两个人出了蓝加司特街，过了马路，顺着公园的铁栏杆往西走。正是夏天日长，街上还不很黑，公园里人还很多。公园里的树叶真是连半个黄的也没有，花池里的晚郁金香开得像一片金红的晚霞。池子边上，挨着地的小白花，一片一片的像刚下的雪，叫人看着心中凉快了好多。隔着树林，还看得见远远的一片水，一群白鸥上下的飞。水的那边奏着军乐，隔着树叶，有时候看见乐人的红军衣。凉风儿吹过来，军乐的声音随着一阵阵的送到耳边。天上没有什么云彩，只有西边的树上挂着一层淡霞，一条儿白，一条儿红，和公园中的姑娘们的帽子一样花哨。

---

1 Chink 是对中国人的蔑称。

公园对面的旅馆全开着窗子，支着白地粉条，或是绿条的帘子，帘子底下有的坐着露着胳臂的姑娘，端着茶碗，赏玩着公园的晚景。

　　马老先生看看公园，看看对面的花帘子，一个劲点头夸好。心中好像有点诗意，可是始终作不成一句，因为他向来没作过诗。

　　亚力山大是一直往前走，有时候向着公园里的男女一冷笑。看见了皇后门街把口的一个酒馆，他真笑了；舐了舐嘴唇，向马老先生一努嘴。马老先生点了点头。

　　酒馆外面一个瘸子拉着提琴要钱，亚力山大一扭头作为没看见。一个白胡子老头撅着嘴喊："晚报——！晚报！"亚力山大买了一张夹在胳臂底下。

　　进了门，男男女女全在柜台前面挤满了。一人手里端着杯酒，一边说笑一边喝。一个没牙的老太太在人群里挤，脸蛋红着，问大伙儿："看见我的孩子没有？"她只顾喝酒，不知道什么工夫她的孩子跑出去啦。亚力山大等着这个老太太跑出去，拉着马先生进了里面的雅座。

　　雅座里三面围着墙全是椅子，中间有一块地毯，地毯上一张镶着玻璃心的方桌，桌子旁边有一架深紫色的钢琴。几个老头子，一人抱着一个墙角，闭着眼吸烟，酒杯在手里托着。一个又胖又高的妇人，眼睛已经喝红，摇着脑袋，正打钢琴。她的旁边站着个脸红胡子黄的家伙，举着酒杯，张着大嘴，（嘴里只有三四个黑而危险的牙。）高唱军歌。他的声音很足，表情也好，就是唱的调子和钢琴一点不发生关系。看见马先生进来，那个弹琴的妇人脸上忽然一红，忽然一白，肩膀向上一耸，说："喝！老天爷！来了个Chink！"说完，一摇头，弹得更欢了，大胖腿在小凳上一起一落的碰得噗哧噗哧的响。那个唱的也忽然停住了，灌了一气酒。四犄角的老头儿全没睁眼，都用烟袋大概其的向屋子当中指着，一齐说："唱呀！乔治！"乔治又灌了一气酒，吧的一声把杯子放在小桌上，又唱起活儿来；还是歌和琴不发生关系。

"喝什么，马先生？"亚力山大问。

"随便！"马老先生规规矩矩的坐在靠墙的椅子上。

亚力山大要了酒，一边喝一边说他的中国故事。四角的老头子全睁开了眼，看了马先生一眼，又闭上了。亚力山大说话的声音比乔治唱的还高还足，乔治赌气子不唱了，那个胖妇人也赌气子不弹了，都听着亚力山大说。马老先生看这个一眼，看那个一眼，抿着嘴笑一笑，喝一口酒。乔治凑过来打算和亚力山大说话，因为他的妹夫在香港当过兵，颇听说过一些中国事。亚力山大是连片子嘴一直往下说，没有乔治开口的机会；乔治咧了咧嘴，用他的黑而危险的牙示了示威，坐下了。

"再来一个？"亚力山大把笑话说到一个结束，问马先生。

马老先生点了点头。

"再来一个？"亚力山大把笑话又说到一个结束，又问马先生。

马老先生又点了点头。

……

喝来喝去，四个老头全先后脚儿两腿拧着麻花扭出去了。跟着，那个胖妇人也扣上帽子，一步三摇的摇出去。乔治还等着机会告诉亚力山大中国事，亚力山大是始终不露空。乔治看了看表，一声没言语，溜出去；出了门，一个人唱开了。

酒馆的一位姑娘进来，笑着说："先生，对不起！到关门的时候了！"

"谢谢，姑娘！"亚力山大的酒还没喝足。可是政府有令，酒馆是十一点关门；无法，只好走吧："马先生，走啊！"

题目为编者加。选自长篇小说《二马》，
写于1928年，发表于《小说月报》

左右为难

她，拿着小钢笔，皱着眉头，怪好看的

城市生活发展到英国这样，时间是拿金子计算的：白费一刻钟的工夫，便是丢了，说，一块钱吧。除了有金山银海的人们，敢把时间随便消磨在跳舞，看戏，吃饭，请客，说废话，传布谣言，打猎，游泳，生病；其余普通人的生活是要和时辰钟一对一步的走，在极忙极乱极吵的社会背后，站着个极冷酷极有规律的小东西——钟摆！人们的交际来往叫"时间经济"给减去好大一些，于是"电话"和"写信"成了文明人的两件宝贝。白太太的丈夫死了，黑太太给她写封安慰的信，好了，忙！白太太跟着给黑太太在电话上道了谢，忙！

马老先生常纳闷：送信的一天送四五次信，而且差不多老是挨着家儿拍门；哪儿来的这么多的信呢？温都太太几乎每天晚上拿着小钢笔，皱着眉头写信；给谁写呢？有什么可写的呢？他有点怀疑，也不由的有点醋劲儿：她，拿着小钢笔，皱着眉头，怪好看的；可是，决不是给他写信！外国娘们都有野——！马老先生说不清自己是否和她发生了恋爱，只是一看见她给人家写信，心里便有点发酸，奇怪！

温都太太，自从马家父子来了以后，确是多用了许多邮票：家里住着两个中国人，不好意思请亲戚朋友来喝茶吃饭；让亲友跟二马一块吃吧？对不起亲友，叫客人和一对中国人坐在一桌上吃喝！叫二马单吃吧？又太麻烦；自然二马不在乎在哪儿吃饭，可是自己为什么受这份累呢！算了吧，给他们写信问好，又省事，又四面讨好。况且，在马家父子来了以后，她确是请过两回客，人家不来！她在回信里的字里行间看得出来："我们肯跟两个中国人一块吃饭吗！"自然信里没有写得这么直率不客气，可是她，又不是个傻子，难道看不出来吗！因为这个，她每逢写信差不多就想到：玛力说的一点不假，不该把房租给两个中国人！玛力其实一点影响没受，天天有男朋友来找她，一块出去玩。我，温都太太叫着自己，可苦了：不请人家来吃饭，怎好去吃人家的；没有交际！为两个中国人牺牲了自己的快乐！她不由的掉了一对小圆泪珠！可是，把他们赶出去？他们又没有大错处；况且他们给的房钱比别人多！写信吧，没法，皱着眉头写！

早饭以前，玛力挑着短头发先去看有信没有。两封：一封是煤气公司的账条子，一封是由乡下来的。

"妈，多瑞姑姑的信，看这个小信封！"

温都太太正做早饭，腾不下手来，叫玛力给她念。玛力用小刀把信封裁开：

亲爱的温都：

谢谢你的信。我的病又犯了，不能到伦敦去，真是对不起！你们那里有两个中国人住着，真的吗？

你的好朋友

多瑞

玛力把信往桌上一扔，吹了一口气：

"得，妈！她不来！'你们那里有两个中国人住着！'看出来没有？妈！"

"她来，我们去歇夏；她不来，我们也得去歇夏！"温都太太把鸡蛋倒在锅里，油往外一溅，把小白腕子烫了一点："Damn！"

题目为编者加。选自长篇小说《二马》，写于1928年，发表于《小说月报》

难言之隐

服侍两个中国人？梦想不到的事！

　　玛力走了以后，温都太太抱着拿破仑回到厨房，从新沏了一壶茶，煮了一个鸡子。喝了一碗茶；吃了一口鸡子，咽不下去，把其余的都给了拿破仑。有心收拾家伙，又懒得站起来；看了看外面：太阳还是响晴的。"到公园转个圈子去吧？"拿破仑听说上公园，两只小耳朵全立起了，顺着嘴角直滴答唾沫。温都太太换了件衣裳，擦了擦皮鞋，戴上帽子；心里一百多个不耐烦，可是被英国人的爱体面，讲排场的天性鼓动着，要上街就不能不打扮起来，不管心里高兴不高兴。况且自己是个妇人，妇人？美的中心！不穿戴起来还成！这群小姑娘们，连玛力都算在里头，不懂的什么叫美：短裙子露着腿，小帽子像个鸡蛋壳！没法说，时代改了，谁也管不了！自己要是还年轻也得穿短裙子，戴小帽子！反正女人穿什么，男人爱什么！男人！就是和男人说说心里的委屈才痛快！老马？呸！一个老中国人！他起来了没有？上去看看他？管他呢，"拿破仑！来！妈妈给你梳梳毛，哪里滚得这么脏？"拿破仑伸着舌头叫她给梳毛儿，抬起右腿弹了弹脖子底下，好像哪里有个虱子，其实有虱子没有，它自己也说不清。

　　到了大街，坐了一个铜子的汽车，坐到瑞贞公园。坐在汽车顶上，暖风从耳朵边上嗖嗖的吹过去，她深深的吸了一口气。拿破仑扶着汽车的栏杆立着，探着头想咬下道旁杨树的大绿叶儿来，汽车走得快，始终咬不着。

　　瑞贞公园的花池子满开着花，深红的绣球，浅蓝的倒挂金钟，还有多少叫不上名儿来的小矮花，都像向着阳光发笑。土坡上全是蜀菊，细高的梗子，大圆叶子，单片的，一团肉的，傻白的，鹅黄的花，都像抿着嘴说："我们是'天然'的代表！我们是夏天的灵魂！"两旁的大树轻俏的动着绿叶，在细沙路上印上变化不定的花纹。树下大椅子上坐着的姑娘，都露着胳臂，树影儿也给她们的白胳臂上印上些一块绿，一块黄的花纹。温都太太找了个空椅子坐下，把拿破仑放在地下。她闻着花草的香味，看着从树叶间透过的几条日光，心里觉得舒展了好些。脑子里又像清楚，又像迷糊的，想起许多事儿来。风儿把裙子吹起一点，一缕阳光射在腿上，暖忽忽的全身都像痒痒了一点；赶紧把裙子正了一正，脸上红了一点。二十年了！跟他在这里坐着！远远的听见动物园中的狮子吼了一声，啊！多少日子啦，没到动物园去！玛力小的时候，他抱着她，我在后面跟着，拿着些干粮，一块儿给猴儿吃！那时候，多快乐！那时候的花一定比现在的香！生命？惨酷的变化！越变越坏！服侍两个中国人？梦想不到的事！

回去吧！空想有什么用处！活着，人们都得活着！老了？不！看人家有钱的妇女，五十多岁还一朵花儿似的！玛力不会想这些事，啊，玛力要是出嫁，剩下我一个人，更冷落了！冷落！树上的小鸟叫了几声："冷落！冷落！"回去吧，看看老马去吧！——为什么一心想着他呢？奇怪男女的关系！他是中国人，人家笑话咱！为什么管别人说什么呢？一个小麻雀擦着她的帽沿飞过去；可怜的小鸟，终日为找食儿飞来飞去！

题目为编者加。选自长篇小说《二马》，写于1928年，发表于《小说月报》

伊牧师要写书

你看，你若是当了中文教授，多替中国说
几句好话，多么好！

"伊牧师你好？伊太太好？伊小姐好？伊少爷好？"马先
生一气把四个好问完，才敢坐下。

"他们都没在家，咱们正好谈一谈。"伊牧师把小眼镜往
上推了一推，鼻子中间皱成几个笑纹。自从伤风好了以后，
鼻子上老皱着那么几个笑纹，好像是给鼻子一些运动；因为
伤风的时候，喷嚏连天，鼻子运动惯了。"我说，有两件事和
你商议：第一件，我打算给你介绍到博累牧师的教会去，作
个会员，礼拜天你好有个准地方去作礼拜。他的教会离你那
儿不远，你知道游思顿街？哎，顺游思顿街一直往东走，斜
对着英苏车站就是。我给你介绍，好不好？"

"好极了！"现在马老先生对外国人说话，总喜欢用绝对式的字眼儿。

　　"好，就这么办啦。"伊牧师嘴唇往下一垂，似是而非的笑了一笑："第二件是：我打算咱们两个晚上闲着作点事儿，你看，我打算写一本书，暂时叫作《中国道教史》吧。可是我的中文不十分好，非有人帮助我不可。你要是肯帮忙，我真感激不尽！"

　　"那行！那行！"马先生赶紧的说。

　　"我别净叫你帮助我，我也得替你干点什么。"伊牧师把烟袋掏出来，慢慢的装烟："我替你想了好几天了：你应当借着在外国的机会写点东西，最好写本东西文化的比较。这个题目现在很时兴，无论你写的对不对，自要你敢说话，就能卖得出去。你用中文写，我替你译成英文。这样，咱们彼此对帮忙，书出来以后，我敢保能赚些钱。你看怎么样？"

　　"我帮助你好了！"马老先生迟迟顿顿的说："我写书？倒真不易了！快五十的人啦，还受那份儿累！"

　　"我的好朋友！"伊牧师忽然把嗓门提高一个调儿："你五十啦？我六十多了！萧伯纳七十多了，还一劲儿写书呢！我问你，你看见过几个英国老头子不做事？人到五十就养老，世界上的事都交给谁做呀！"

"我也没说，我一定不做！"马老先生赶紧往回收兵，唯恐把伊牧师得罪了，其实心里说："你们洋鬼子不懂得尊敬老人，要不然，你们怎是洋鬼子呢！"

英国人最不喜欢和旁人谈家事，伊牧师本来不想告诉老马，他为什么要写书；可是看老马迟疑的样子，不能不略略的说几句话：

"我告诉你，朋友！我非干点什么不可！你看，伊太太还作伦敦传教公会中国部的秘书，保罗在银行里，凯萨林在女青年会作干事，他们全挣钱，就是我一个人闲着没事！虽然我一年有一百二十镑的养老金，到底我不愿意闲着——"伊牧师又推了推眼镜，心里有点后悔，把家事都告诉了老马！

"儿女都挣钱，老头子还非去受累不可！真不明白鬼子的心是怎么长着的！"马老先生心里说。

"我唯一的希望是得个大学的中文教授，可是我一定要先写本书，造点名誉。你看，伦敦大学的中文部现在没有教授，因为他们找不到个会写会说中国话的人。我呢，说话满成，就差写点东西证明我的知识。我六十多了，至少我还可以作五六年事，是不是？"

"是！对极了！我情愿帮助你！"马先生设法想把自己写书的那一层推出去："你看，你若是当了中文教授，多替中国说几句好话，多么好！"

马老先生以为中文教授的职务是专替中国人说好话。

伊牧师笑了笑。

两个人都半天没说话。

"我说，马先生！就这么办了，彼此帮忙！"伊牧师先说了话："你要是不叫我帮助你，我也就不求你了！你知道，英国人的办法是八两半斤，谁也不要吃亏的！我不能白求你！"

"你叫我写东西文化，真，叫我打那儿写起！"

"不必一定是这个题目哇，什么都行，连小说，笑话都成！你看，中国人很少有用英文写书的，你的书，不管好不好，因为是中国人写的，就可以多卖。"

"我不能乱写，给中国人丢脸！"

题目为编者加。选自长篇小说《二马》，

写于1928年，发表于《小说月报》

热闹的伦敦

在外国过节，无论人家是怎么喜欢，咱也
觉不出快活来！

圣诞节的前一天，伦敦热闹极了。男女老少好像一个没
剩，全上了街啦。市场的东西好像是白舍，大嘟噜小挂的背
着抱着；街上，除了巡警，简直看不见一个空手走道儿的。
汽车和电车公司把车全放出来了，就是这么着，老太太们还
挤不上车去，而且往往把筐儿里的东西挤滚了一街。邮差们
全不用口袋了，另雇闲人推着小车子，挨家送包裹，在伦敦
住的人，有的把节礼送出去，坐着汽车到乡下去过节。乡下
的人，同时，坐着汽车上伦敦来玩几天，所以往乡下去的大
道上，汽车也都挤满了。

天阴得很沉，东风也挺冷，可是没人觉出来天是阴着，

风是很凉。街上的铺子全是新安上的五彩电灯，把货物照得真是五光十色，都放着一股快活的光彩。处处悬着"圣诞老人"，戴着大红风帽，抱着装满礼物的百宝囊。人们只顾着看东西了，忘了天色的黑暗。在人群里一挤便是一身热汗，谁也没工夫说："风很凉啊！"

人们把什么都忘了：政治，社会，官司，苦恼，意见……都忘了。人们全忽然的变成小孩子了，个个想给朋友点新东西，同时想得点好玩艺儿。人人看着分外的宽宏大量，人人看着完全的无忧无虑，只想吃点好的，喝些好的，有了富余还给穷人一点儿。这天晚上真好像是有个"救世主"要降生了，天下要四海兄弟的太平了。

直到半夜铺子才关门，直到天亮汽车电车还在街上跑，车上还是挤满了人。胡同儿里也和大街一样的亮，家家点缀好圣诞树，至不济的也挂起几个小彩球。穷小孩子们唱着圣诞的古歌，挨门要钱。富家的小孩子，半夜还没睡，等着圣诞老人来送好东西。贫富是不同的，可是在今天都可以白得一点东西，把他们的小心儿喜欢的像刚降世的耶稣。教堂的钟声和歌声彻夜的在空中萦绕着，叫没有宗教思想的人们，也发生一种庄严而和美的情感。

马老先生在十天以前便把节礼全买好送出去，因为买了存着，心里痒痒的慌。只有给温都母女的还在书房里搁着，温都太太告诉了他，非到圣诞不准拿出来。把礼物送出以后，天天盼着人家的回礼。邮差一拍门，他和拿破仑便争着往出跑。到圣诞的前两天，礼物都来了：伊牧师给他一本《圣经》，伊太太是一本《圣诗》，伊姑娘是一打手绢，伊少爷光是一个贺节片，虽然老马给保罗一匣吕宋烟。本来普通英国人送礼是一来一往的，保罗根本看不起中国人，所以故意的不还礼。老马本想把《圣经》《圣诗》和保罗的贺片全送回去，后来又改了主意：

"看着伊姑娘的面子，也别这么办！"

……

他自己闲着在街上溜达，看着男女老少都那么忙，心中有点难过："我要是在中国多么好！过年的时候，咱也是这么忙！在外国过节，无论人家是怎么喜欢，咱也觉不出快活来！盼着发财吧，发了财回国去过节！"越看人家忙，心里越想家；越想家，人家越踩他的脚："回去吧，回去看看温都太太，帮帮她的忙。"

他慢条斯礼的回了家。

温都太太正忙得小脚丫儿朝了天，脑筋蹦着，小鼻子尖儿通红。打地毯，擦桌子，自炉口以至门环，凡有铜器的地方全见一见油。各屋的画儿上全悬上一枝冬青叶，单买了一把儿菊花供在丈夫的像片前面，客厅的电灯上还挂上两枝白相思豆儿。因为没有小孩儿，不便预备圣诞树，可是七八间屋子里总多少得点缀起来，有的地方是一串彩球，有的地方是两对小纸灯，里里外外看着都有点喜气。厨房里，灶上蒸着圣诞饽，烙着果馅点心，不时的还得看一眼，于是她楼上楼下像小燕儿似的乱飞。飞了一天，到晚上还要写贺节片，打点礼物，简直闹得往鼻子尖上拍粉的工夫都没有了。温都姑娘因为铺子里忙节，是早走晚回来，一点不能帮母亲的忙。拿破仑是楼上楼下乱跑，看着彩球叫唤几声，看着小灯笼又叫唤几声；乘着主母在别处的时候，还到厨房去偷一两个剥好的核桃吃。

题目为编者加。选自长篇小说《二马》，
写于1928年，发表于《小说月报》

圣诞大餐

母女对抱着，哼唧着，吻了足有三分钟

　　桌上是新挑花的台布，碟碗下面全垫五色的小席垫儿，也全是新的。桌子中间一瓶儿粉菊花，花叶上挂着一嘟噜五彩纸条儿。瓶子两边是两高脚碟果子和核桃榛子什么的。碟子底里放着几个棉花作的雪球。桌子四角放着红纸金箍的小爆竹。一个人面前一个小玩艺儿，马家父子的是小女磁娃娃，玛力的是个小布人，温都太太的是一只小鸟儿。一个小玩艺儿面前又是一个小爆竹。各人的领布全在酒杯里卷着，布尖儿上还插着几个红豆儿。温都太太面前放着一个大盘子，里面一只烧好的火鸡。玛力面前是一盘子火腿和炸肠。两瓶儿葡萄酒在马老先生背后的小桌儿上放着。生菜和煮熟的青菜全在马威那边放着，这样布置，为是叫人人有点事作。

温都太太切火鸡，玛力动手切火腿，马威等着布青菜。马老先生有意要开酒瓶，又不敢动手；试着要把面前的礼物打开看看，看别人不动，自己也不好意思动。

"马先生，给我们点儿酒！"温都太太说。

马先生打开一瓶酒，给大家都斟上。

温都太太把火鸡给他们切好递过去，然后给他们每个人一小匙子鲜红的粉冻儿，和一匙儿面包糯子。马老先生闻着火鸡怪香的，可是对鲜红的粉冻儿有点怀疑，心里说："给我什么吃什么吧，不必问！"

大家拿起酒杯先彼此碰了一下，然后她们抿了一口，他们也抿了一口，开始吃火鸡。一边吃一边说笑。玛力特别的欢喜，喝下点酒去，脸上红得更鲜润了。

火鸡吃完，温都太太把圣诞布丁拿来。在切开以前，她往布丁上倒了一匙子白兰地酒，把酒点着，布丁的四围冒着火光。这样烧了一回，才给大家分。

吃完了，玛力把果碟子递给大家，问他们要什么。马老先生挑了一支香蕉，温都太太拿了个苹果。玛力和马威吃核桃榛子什么的。玛力用钳子把榛子夹碎，马威是扔在嘴里硬咬。

"呕！妈妈！看他的牙多么好！能把榛子咬开！"玛力睁

着大眼睛非常的羡慕中国人的牙。

"那不算什么，瞧我的！"老马先生也拿了个榛子，砰的一声咬开。

"呕！你们真淘气！"温都太太的一杯酒下去，心中飘飘忽忽的非常喜欢，她拿起一个雪球，照着马老先生的头打了去。

玛力跟着也拿起一个打在马威的脸上。马威把球接住，反手向温都太太扔了去。马老先生楞了一楞，才明白这些雪球本来是为彼此打着玩的，慢慢抓起一个向拿破仑扔去。拿破仑抱住雪球，用嘴就啃，啃出一张红纸来。

"马先生，拿过来，那是你的帽子！"温都太太说。

马老先生忙着从狗嘴里把红纸抢过来，果然是个红纸帽子。

"戴上！戴上！"玛力喊。

老马先生把帽子戴上，喊喊的笑了一阵。

她们也把雪球打开，戴上纸帽子。玛力还是一劲儿用球打他们，直把马老先生打了一身棉花毛儿。

温都太太叫大家拉住小爆竹，拉成一个圈儿。

"拉！"玛力喊。

唰！唰！唰；爆竹响了，拿破仑吓得往桌底下藏。一个爆竹里有点东西，温都太太得着两个小哨儿，一齐搁在嘴里吹。

马威得着一块糖，老马先生又得着一个纸帽子，也套在头上，又笑了一回。玛力什么也没得着，非和老马再拉一个不可。他撅着小胡子嘴和她拉，呀！她得着一截铅笔。

"该看礼物啦吧？"马威问。

"别！别！"温都太太说："一齐拿到书房去，大家比一比：看谁的好！"

"妈！别忙！看这个！"玛力说着伸出右手来给她妈妈看。

"玛力！你和华盛顿定了婚啦！玛力！"温都太太拉着女儿的手，看着她胖手指头上的金戒指。然后母女对抱着，哼唧着，吻了足有三分钟。

马威的脸转了颜色。老马呆呆的看她们接吻，不知干什么好。

马威定了定神，勉强的笑着，把酒杯举起来；向他父亲一使眼神，老马也把酒杯举起来。

"我们庆贺玛力姑娘！"马威说完，抿了一口酒，咽了半天才咽下去。

题目为编者加。选自长篇小说《二马》，
写于1928年，发表于《小说月报》

窦神父变脸

他觉得神父的指摘多少是近情理的

瑞宣没顾得戴帽子，匆匆的走出去。

他是在两处教书。一处是市立中学，有十八个钟点，都是英语。另一处是一个天主教堂立的补习学校，他只教四个钟头的中文。兼这四小时的课，他并不为那点很微薄的报酬，而是愿和校内的意国与其他国籍的神父们学习一点拉丁文和法文。他是个不肯教脑子长起锈来的人。

大街上并没有变样子。他很希望街上有了惊心的改变，好使他咬一咬牙，管什么父母子女，且去身赴国难。可是，街上还是那个老样儿，只是行人车马很少，教他感到寂寞，空虚，与不安。正如他父亲所说的，铺户已差不多都开了门，可是都没有什么生意。那些老实的，规矩的店伙，都静静的坐在柜台内，有的打着盹儿，有的向门外呆视。胡同口上已有了洋车，车夫们都不像平日那么嬉皮笑脸的开玩笑，有的靠着墙根静立，有的在车簸箕上坐着。耻辱的外衣是静寂。

他在护国寺街口，看见了两个武装的日本兵，像一对短而宽的熊似的立在街心。他的头上出了汗。低下头，他从便道上，紧擦着铺户的门口走过去。他觉得两脚像踩着棉花。走出老远，他才敢抬起头来。仿佛有人叫了他一声，他又低下头去；他觉得自己的姓名很可耻。

到了学校，果然已经上了课，学生可是并没有到齐。今天没有他的功课，他去看看意国的窦神父。平日，窦神父是位非常和善的人；今天，在祁瑞宣眼中，他好像很冷淡，高傲。瑞宣不知道这是事实，还是因自己的心情不好而神经过敏。说过两句话后，神父板着脸指出瑞宣的旷课。瑞宣忍着气说："在这种情形之下，我想必定停课！"

"呕！"神父的神气十分傲慢。"平常你们都很爱国，赶到炮声一响，你们就都藏起去！"

瑞宣咽了口吐沫，楞了一会儿。他又忍住了气。他觉得神父的指摘多少是近情理的，北平人确是缺乏西洋人的那种冒险的精神与英雄气概。神父，既是代表上帝的，理当说实话。想到这里，他笑了一下，而后诚意的请教：

"窦神父！你看中日战争将要怎么发展呢？"

神父本也想笑一下，可是被一点轻蔑的神经波浪把笑拦回去。"我不知道！我只知道改朝换代是中国史上常有的事！"

瑞宣的脸上烧得很热。他从神父的脸上看到人类的恶根性——崇拜胜利（不管是用什么恶劣的手段取得的胜利），而对失败者加以轻视及污蔑。他一声没出，走了出来。

已经走出半里多地，他又转身回去，在教员休息室写了一张纸条，叫人送给窦神父——他不再来教课。

题目为编者加。选自长篇小说《四世同堂》，
写于1944年前后

面具下的东洋人

北平为老鼠们净了街。老鼠是诡诈而怕人的

要是依着日本军阀的心意，当然最如意与简明的打算，是攻陷一处便成立个军政府，以军人作首领，而把政治用枪刺挑着。但是，这样去作，须一下手便有通盘的军事计划与雄厚的兵力。事实上，他们有极大的侵略野心，而没有整个的用兵计划与庞大得足以一鼓而攻下华北的兵力。他们的野心受了欺诈的诱惑，他们想只要东响几声炮，西放一把火，就能使中华的政府与人民丧胆求和，而他们得以最小的损失换取最大的利益。欺诈是最危险的事，因为它会翻过头来骗你自己。日本军人攻下了北平与天津，而战事并没有完结。他们须将错就错的继续打下去，而不能不把用枪刺穿住的肥肉分给政客们与资本家们一些。他们讨厌政客与大腹贾，可是没法子不准他们分

作者：孙之僬。原载1933年3月9日《益世报》。

肥。他们更讨厌中国的汉奸，而汉奸又恰好能帮助他们以很小的兵力镇服一座城或一个县分。他们须擦一擦手上的血，预备和他们所讨厌的政客与汉奸握手。握手之后，那些政客与汉奸会给他们想出许多好听的字眼，去欺骗中国人与他们自己。他们最不愿要和平，而那些小鼻小眼的人却提出"和平"；他们本只忠于自己——为升官，为抢钱，而发动战争——而政客们偏说他们是忠于天皇。"武士道"的精神，因此，一变而为欺人与自欺，而应当叱咤风云的武士都变成了小丑。

假若他们不是这样，而坦率的自比于匈奴或韩尼布尔，以烧红的铁鞭去击碎了大地，他们在历史上必定会留下个永远被诅咒的名声，像魔鬼永远与天使对立似的。但是，他们既要杀人放火，而又把血迹与火场用纸掩盖上。历史上将无以名之，而只能很勉强的把他们比作黄鼬或老鼠。

北平为老鼠们净了街。老鼠是诡诈而怕人的。

他们的聚议，假若不是因战争催迫着，将永无结果。他们非教政客与汉奸们来帮忙不可，可是帮忙即须染指。他们应教别人分润多少？分润什么？自己抢来的，而硬看着别人伸手来拿，不是什么好受的事，特别是在鼠眼的东洋武士们。假若照着他们的本意，他们只须架上机关枪，一刻钟的工夫便把北平改成个很大的屠场，而后把故宫里的宝物，图书馆的书籍，连古寺名园里的奇花与珍贵的陈设，统统的搬了走，用不着什么拐弯抹角的作文章。可是，还有许多西洋人在北平，东洋的武士须戴上一张面具，遮盖上狰狞的面孔。政客们又说，这是政治问题，不应当多耗费子弹。资本家们也笑容可掬的声明，屠杀有背于经济的原理。最后，汉奸们打躬作揖的陈述，北平人是最老实的，决不抗日，应求"皇军"高抬贵手。于是，最简单的事变成很复杂，而屠杀劫抢变为组织政府与施行"王道"。

这样的从军事占领迁回到组织政府，使藏在天津的失意军阀与官僚大为失望。他们的作官与搂钱的欲望，已经随着日寇的侵入而由期待变为马上可以如愿以偿。他们以为只要一向日本军人磕头便可以富贵双临。没料到，日本军是要详加选择，而并不摸摸脑袋就算一个人。同时，日本军人中既有派别，而政客与资本家又各有党系，日本人须和日本人斗争，华人也就必须随着乱转，而不知道主要的势力是在哪里。他们的简单的认日本军阀为义父的办法须改为见人就叫爸爸。他们慌乱、奔走、探听、勾结、竞争、唯恐怕落选——这回能登台，才能取得"开国元勋"的资格与享受。他们像暑天粪窖的蛆那么活跃。

题目为编者加。选自长篇小说《四世同堂》，

写于1944年前后

没想到

人类最大的惨剧便是彼此以武力估计价值，
像熊或狗似的老想试试自己的力气

　　生在某一种文化中的人，未必知道那个文化是什么，像水中的鱼似的，他不能跳出水外去看清楚那是什么水。假若他自己不能完全客观的去了解自己的文化，那能够客观的来观察的旁人，又因为生活在这种文化以外，就极难哑摸到它的滋味，而往往因一点胭脂，断定他美，或几个麻斑而断定他丑。不幸，假若这个观察者是要急于搜集一些资料，以便证明他心中的一点成见，他也许就只找有麻子的看，而对擦胭脂的闭上眼。

　　日本人是相当的细心的。对中国的一切，他们从好久就有很详密的观察与调查，而自居为最能了解中国人的人。对中国的工矿农商与军事的情形，他们也许比中国人还更清楚，但是，他们要拿那些数目字作为了解中国文化的基础，就正好像拿着一本旅行指南而想作出欣赏山水的诗来。同时，他们为了施行诡诈与愚弄，他们所接触的中国人多数的是中华民族的渣滓。这些渣滓，不幸，给了他们一些便利，他们便以为认识了这些人就是认识了全体中国人，因而断定了中国文化里并没有礼义廉耻，而只有男盗女娼。国际间的友谊才是了解文化的真正基础，彼此了解并尊重彼此的文化，世界上才会有和平。日本人的办法，反之，却像一个贼到一所大宅子中去行窃，因贿赂了一两条狗而偷到了一些值钱的东西；从此，他便认为宅子中的东西都应该是他的，而以为宅子中只有那么一两条可以用馒头收买的狗。这，教日本人吃了大亏。他们的细心，精明，勤苦，勇敢，都因为那两条狗而变成心劳日拙，他们变成了惯贼，而贼盗是要受全人类的审判的！

　　他们没有想到在平津陷落以后，中国会有全面的抗战。在他们的军人心里，以为用枪炮劫夺了平津，便可以用军事占领的方式，一方面假装静候政治的解决，一方面实行劫抢，先把他们的衣袋装满了金银。这样，他们自己既可达到发财的目的，又可以使军人的声势在他们国内继长增高。因此，上海的抗战，使在平津的敌寇显出慌张。他们须一方面去迎战，一方面稳定平津；他们没法把平津的财宝都带在身上去作战。怎样稳定平津？他们在事前并没有多少准备。肆意的屠杀固然是最简洁明快的办法，但是，有了南京政府的全面抗战，他们开始觉到屠杀也许是危险的事，还不如把他们所豢养的中国狗拉出几条来，给他们看守着平津。假若在这时候，他们能看清楚，中国既敢抗战，必定是因为在军事的估量而外，还有可用的民气，在物质的损失中，具有忍无可忍的决心，他们就会及时的收兵，免得使他们自己堕入无底的深渊。可是，他们不相信中国是有深厚文化的国家，而只以枪炮的数目估计了一切。人类最大的惨剧便是彼此以武力估计价值，像熊或狗似的老想试试自己的力气，而忽略了智慧才是最有价值的，与真有价值的。

题目为编者加。选自长篇小说《四世同堂》，写于1944年前后

完美的监狱

杀人是他们的一种艺术，正像他们吃茶与

插瓶花那么有讲究

　　这里，也就是钱默吟先生来过的地方。这地方的一切设备可是已和默吟先生所知道的大不相同了。当默吟到这里的时节，它的一切还都因陋就简的，把学校变为临时的监狱。现在，它已是一座"完美的"监狱，处处看得出日本人的"苦心经营"。任何一个小地方，日本人都花了心血，改造又改造，使任何人一看都得称赞它为残暴的结晶品。在这里，日本人充分的表现了他们杀人艺术的造诣。是的，杀人是他们的一种艺术，正像他们吃茶与插瓶花那么有讲究。来到这里的不只是犯人，而也是日本人折来的花草；他们必须在断了呼吸以前，经验到最耐心的，最细腻的艺术方法，把血一滴一滴的，缓慢的，巧妙的，最痛苦的，流尽。他们的痛苦正是日本人的欣悦。日本军人所受的教育，使他们不仅要凶狠残暴，而是吃进去毒狠的滋味，教残暴变成像爱花爱鸟那样的一种趣味。这所监狱正是这种趣味与艺术的试验所。

题目为编者加。选自长篇小说《四世同堂》，

写于1944年前后

富善先生

每逢过节过年的时候，他必教太监戴上红
缨帽，给他作饺子吃

富善先生是个典型的英国人，对什么事，他总有他自己的意见，除非被人驳得体无完肤，他决不轻易的放弃自己的主张与看法。即使他的意见已经被人驳倒，他还要卷土重来找出稀奇古怪的话再辩论几回。他似乎拿辩论当作一种享受。他的话永远极锋利，极不客气，把人噎得出不来气。可是，人家若噎得他也出不来气，他也不发急。到他被人家堵在死角落的时候，他会把脖子憋得紫里蒿青的，连连的摇头。而后，他请那征服了他的人吃酒。他还是不服气，但是对打胜了的敌人表示出敬重。

他极自傲，因为他是英国人。不过，有人要先说英国怎样怎样的好，他便开始严厉的批评英国，仿佛英国自有史以来就没作过一件好事。及至对方也随着他批评英国了，他便改过来，替英国辩护，而英国自有史以来又似乎没有作错过任何一件事。不论他批评英国也罢，替英国辩护也罢，他的行为，气度，以至于一举一动，没有一点不是英国人的。

他已经在北平住过三十年。他爱北平，他的爱北平几乎等于他的爱英国。北平的一切，连北平的风沙与挑大粪的，在他看，也都是好的。他自然不便说北平比英国更好，但是当他有点酒意的时候，他会说出真话来："我的骨头应当埋在西山静宜园外面！"

对北平的风俗掌故，他比一般的北平人知道的还要多一些。北平人，住惯了北平，有时候就以为一切都平平无奇。他是外国人，他的眼睛不肯忽略任何东西。凡事他都细细的看，而后加以判断，慢慢的他变成了北平通。他自居为北平的主人，因为他知道一切。他最讨厌那些到北平旅行来的外国人："一星期的工夫，想看懂了北平？别白花了钱而且污辱了北平吧！"他带着点怒气说。

他的生平的大志是写一本《北平》。他天天整理稿子，而始终是"还差一点点！"他是英国人，所以在没作成一件事的时候，绝对不肯开口宣传出去。他不肯告诉人他要写出一本《北平》来，可是在遗嘱上，他已写好——杰作《北平》的著者。

英国人的好处与坏处都与他们的守旧有很大的关系。富善先生，既是英国人，当然守旧。他不单替英国守旧，也愿意为北平保守一切旧的东西。当他在城根或郊外散步的时候，若遇上一位提着鸟笼或手里揉着核桃的"遗民"，他就能和他一谈谈几个钟头。他，在这种时候，忘记了英国，忘记了莎士比亚，而只注意那个遗民，与遗民的鸟与核桃。从一个英国人的眼睛看，他似乎应当反对把鸟关在笼子里。但是，现在他忘了英国。他的眼睛变成了中国人的，而且是一个遗民的。他觉得中国有一整部特异的，独立的，文化，而养鸟是其中的一部分。他忘了鸟的苦痛，而只看见了北平人的文化。

因此，他最讨厌新的中国人。新的中国人要革命，要改革，要脱去大衫而穿上短衣，要使女子不再缠足，要放出关在笼子中的画眉与八哥。他以为这都是消灭与破坏那整套的文化，都该马上禁止。凭良心说，他没有意思教中国人停在一汪儿死水里。可是，他怕中国人因改革而丢失了已被他写下来的那个北平。他会拿出他收藏着的三十年前的木版年画，质问北平人："你看看，是三十年前的东西好，还是现在的石印的好？看看颜色，看看眉眼，看看线条，看看纸张，你们哪样比得上三十年前的出品！你们已忘了什么叫美，什么叫文化！你们要改动，想要由老虎变成猫！"

同年画儿一样，他存着许多三十年前的东西，包括着鸦片烟具，小脚鞋，花翎，朝珠。"是的，吸鸦片是不对的，可是你看看，细看看，这烟枪作的有多么美，多么精致！"他得意的这样说。

当他初一来到北平，他便在使馆——就是丁约翰口中的英国府——作事。因为他喜爱北平，所以他想娶一个北平姑娘作太太。那时候，他知道的北平事情还不多，所以急于知道一切，而想假若和中国人联了姻，他就能一下子明白多少多少事情。可是，他的上司警告了他："你是外交官，你得留点神！"他不肯接受那个警告，而真的找到了一位他所喜爱的北平小姐。他知道，假若他真娶了她，他必须辞职——把官职辞掉，等于毁坏了自己的前途。可是，他不管明天，而决定去完成他的"东方的好梦"。不幸，那位小姐得了个暴病儿，死去。他非常的伤心。虽然这可以保留住他的职位，可是他到底辞了职。他以为只有这样才能对得住死者——虽然没结婚，我可是还辞了职。在他心情不好的时候，他常常的嘟囔着："东方是东方，西方是西方，"而加上："我想作东方人都不成功！"辞职以后，他便在中国学校里教教书，或在外国商店里临时帮帮忙。他有本事，而且生活又非常的简单，所以收入虽不多，而很够他自己花的。他租下来东南城角一个老宅院的一所小花园和三间房。他把三间房里的墙壁挂满了中国画，中国字，和五光十色的中国的小玩艺儿，还求一位中国学者给他写了一块匾——"小琉璃厂"。院里，他养着几盆金鱼，几笼小鸟，和不少花草。一进门，他盖了一间门房，找来一个曾经伺候过光绪皇帝的太监给他看门。每逢过节过年的时候，他必教太监戴上红缨帽，给他作饺子吃。他过圣诞节，复活节，也过五月节和中秋节。"人人都像我这样，一年岂不多几次享受么？"他笑着对太监说。

他没有再恋爱，也不想结婚，朋友们每逢对他提起婚姻的事，他总是摇摇头，说："老和尚看嫁妆，下辈子见了！"他学会许多北平的俏皮话与歇后语，而时常的用得很恰当。

当英国大使馆迁往南京的时候，他又回了使馆作事。他要求大使把他留在北平。这时候，他已是六十开外的人了。

他教过，而且喜欢，瑞宣，原因是瑞宣的安详文雅，据他看，是有点像三十年前的中国人。瑞宣曾帮助他搜集那或者永远不能完成的杰作的材料，也帮助他翻译些他所要引用的中国诗歌与文章。瑞宣的英文好，中文也不错。和瑞宣在一块儿工作，他感到愉快。虽然二人也时常的因意见不同而激烈的彼此驳辩，可是他既来自国会之母的英国，而瑞宣又轻易不红脸，所以他们的感情并不因此而受到损伤。在北平陷落的时候，富善先生便派人给瑞宣送来信。信中，他把日本人的侵略比之于欧洲黑暗时代北方野蛮人的侵袭罗马；他说他已有两三天没正经吃饭。信的末了，他告诉瑞宣："有什么困难，都请找我来，我一定尽我力之所能及的帮助你。我在中国住了三十年，我学会了一点东方人怎样交友与相助！"

瑞宣回答了一封极客气的信，可是没有找富善先生去。他怕富善老人责难中国人。他想象得到老人会一方面诅咒日本人的侵略，而一方面也会责备中国人的不能保卫北平。

今天，他可是非去不可了。他准知道老人会帮他的忙，可也知道老人必定会痛痛快快的发一顿牢骚，使他难堪。他只好硬着头皮去碰一碰。无论怎么说，吃老人的闲话是比伸手接日本人的钱要好受的多的。

果然不出他所料，富善先生劈头就责备了中国人一刻钟。不错，他没有骂瑞宣个人，可是瑞宣不能因为自己没挨骂而不给中国人辩护。同时，他是来求老人帮忙，可也不能因此而不反驳老人。

富善先生的个子不很高，长脸，尖鼻子，灰蓝色的眼珠深深的藏在眼窝里。他的腰背还都很直，可是头上稀疏的头发已差不多都白了。他的脖子很长，而且有点毛病——每逢话说多了，便似堵住了气的伸一伸脖子，很像公鸡要打鸣儿似的。

瑞宣看出来，老人的确是为北平动了心，他的白发比去年又增加了许多根，而且说话的时候不住的伸脖子。虽然如此，他可是不便在意见上故意的退让。他不能为挣钱吃饭，而先接受了老人的斥责。他必须告诉明白了老人：中国还没有亡，中日的战争还没有结束，请老人不要太快的下断语。

辩论了有半个多钟头，老人才想起来："糟糕！只顾了说话儿，忘了中国规矩！"他赶紧按铃叫人拿茶来。

送茶来的是丁约翰。看瑞宣平起平坐和富善先生谈话，约翰的惊异是难以形容的。

喝了一口茶，老人自动的停了战。他没法儿驳倒瑞宣，也不能随便的放弃了自己的意见，只好等有机会另开一次舌战。他知道瑞宣必定有别的事来找他，他不应当专说闲话。他笑了笑，用他的稍微有点结巴，而不算不顺利的中国话说："怎样？找我有事吧？先说正经事吧！"

瑞宣说明了来意。

老人伸了好几下脖子，告诉瑞宣："你上这里来吧，我找不到个好助手；你来，我们在一块儿工作，一定彼此都能满意！你看，那些老派的中国人，英文不行啊，可是中文总靠得住。现在的中国大学毕业生，英文不行，中文也不行——你老为新中国人辩护，我说的这一点，连你也没法反对吧？"

"当一个国家由旧变新的时候，自然不能一步就迈到天堂去！"瑞宣笑着说。

"哦？"老人急忙吞了一口茶。"你又来了！北平可已经丢了，你们还变？变什么？"

"丢了再夺回来！"

"算了！算了！我完全不相信你的话，可是我佩服你的信念坚定！好啦，今天不再谈，以后咱们有的是机会开辩论会。下星期一，你来办公，把你的履历给我写下来，中文的和英文的。"

瑞宣写完，老人收在衣袋里。"好不好喝一杯去？今天是五月节呀！"

题目为编者加。选自长篇小说《四世同堂》，

写于1944年前后

民间外交

为迅速，为省事，他应用了东方的办法

　　假若瑞宣正在这么思索大的问题，富善先生可是正想一些最实际的，小小的而有实效的办法。瑞宣的被捕，使老先生愤怒。把瑞宣约到使馆来作事，他的确以为可以救了瑞宣自己和祁家全家人的性命。可是，瑞宣被捕。这，伤了老人的自尊心。他准知道瑞宣是最规矩正派的人，不会招灾惹祸。那么，日本人捉捕瑞宣，必是向英国人挑战。的确，富善先生是中国化了的英国人。可是，在他的心的深处，他到底隐藏着一些并未中国化了的东西。他同情中国人，而不便因同情中国人也就不佩服日本人的武力。因此，看到日本人在中国的杀戮横行，他只能抱着一种无可奈何之感。他不是个哲

人，他没有特别超越的胆识，去斥责日本人。这样，他一方
面，深盼英国政府替中国主持正义，另一方面，却又以为只
要日本不攻击英国，便无须多管闲事。他深信英国是海上之
王，日本人决不敢来以卵投石。对自己的国力与国威的信
仰，使他既有点同情中国，又必不可免的感到自己的优越。
他决不幸灾乐祸，可也不便见义勇为，为别人打不平。瑞宣
的被捕，他看，是日本人已经要和英国碰一碰了。他动了心。
他的同情心使他决定救出瑞宣来，他的自尊心更加强了这个
决定。

　　他开始想办法。他是英国人，一想他便想到办公事向日
本人交涉。可是，他也是东方化了的英国人，他晓得在公事
递达之前，瑞宣也许已经受了毒刑，而在公事递达之后，日
本人也许先结果了瑞宣的性命，再回复一件"查无此人"的，
客气的公文。况且，一动公文，就是英日两国间的直接抵触，
他必须请示大使。那麻烦，而且也许惹起上司的不悦。为迅
速，为省事，他应用了东方的办法。

　　他找到了一位"大哥"，给了钱（他自己的钱），托"大
哥"去买出瑞宣来。"大哥"是爱面子而不关心是非的。他必
须卖给英国人一个面子，而且给日本人找到一笔现款。

　　钱递进去，瑞宣看见了高粱米饭。

第三天，也就是小崔被砍头的那一天，约摸在晚八点左右，小老鼠把前天由瑞宣身上搜去的东西都拿回来，笑得像个开了花的馒头似的，低声的说："日本人大大的好的！客气的！亲善的！公道的！你可以开路的！"把东西递给瑞宣，他的脸板起来："你起誓的！这里的事，一点，一点，不准说出去的！说出去，你会再拿回来的，穿木鞋的！"

瑞宣看着小老鼠出神。日本人简直是个谜。即使他是全能的上帝，也没法子判断小老鼠到底是什么玩艺儿！他起了誓。他这才明白为什么钱先生始终不肯对他说狱中的情形。

剩了一个皮夹，小老鼠不忍释手。瑞宣记得，里面有三张一元的钞票，几张名片，和两张当票。瑞宣没伸手索要，也无意赠给小老鼠。小老鼠，最后，绷不住劲儿了，笑着问："心交心交？"瑞宣点了点头。他得到小老鼠的夸赞："你的大大的好！你的请！"瑞宣慢慢的走出来。小老鼠把他领到后门。

题目为编者加。选自长篇小说《四世同堂》，

写于1944年前后

反战作家

他看到日本的整部的文化；那文化只是毒
药丸子上面的一层糖衣

　　井田是个小个子，而肚子很大，看起来很像会走的一个
泡菜坛子。他的肚子，今天，特别往外凸出；高扬着脸。他
的头发已有许多白的。东阳横着走，为是一方面尽引路之责，
一方面又表示出不敢抢先的谦逊。他的头老在井田先生的肚
子旁边，招得井田有点不高兴，所以走了几步以后，井田把
肚子旁边的头推开，昂然走上了讲台。他没等别人上台，便
坐在正中间。他的眼没有往台下看，而高傲的看着彩画的天
花板。第二，第三，第四，也都是日本人。他们的身量都不
高，可是每个人都觉得自己是一座宝塔似的。日本人后面是
两个高丽人，高丽人后面是两个东北青年。蓝东阳被井田那

么一推，爽性不动了，就那么屁股顶着墙，静候代表们全走过来。都走完了，他依然保持着鞠躬的姿态，往台上走。走到台上，他直了直腰，重新向井田鞠躬。然后，他转身，和台下的人打了对脸。他的眼珠猛的往上一吊，脸上的肌肉用力的一扯，五官全挪了地方，好像要把台下的人都吃了似的。这样示威过了，他挺着身子坐下。可是，屁股刚一挨椅子，他又立起来，又向井田鞠躬。井田还欣赏着天花板。这时候，冠晓荷也立起来，向殿门一招手。一个漂亮整齐的男仆提进来一对鲜花篮。晓荷把花篮接过来，恭敬的交给太太与女儿一人一只。大赤包与招弟都立起来，先转脸向后看了看，为是教大家好看清了她们，而后慢慢的走上台去。大赤包的花篮献给东阳，招弟的献给井田。井田把眼从天花板上收回，看着招弟；坐着，他和招弟握了握手。然后，母女立在一处，又教台下看她们一下。台下的掌声如雷。她们下来，晓荷慢慢的走上了台，向每个人都深深的鞠了躬，口中轻轻的介绍自己："冠晓荷！冠晓荷！"台下也给他鼓了掌。

蓝东阳宣布开会：

"井田先生！"一鞠躬。"菊池先生！"一鞠躬。他把台上的人都叫到，给每个人都鞠了躬，这才向台下一扯他的绿脸，很傲慢的叫了声："诸位文艺作家！"没有鞠躬。叫完这一声，他楞起来，仿佛因为得意而忘了他的开会词。他的眼珠一劲儿往上吊。台下的人以为他是表演什么功夫呢，一齐鼓掌。他的手颤着往衣袋里摸，半天，才摸出一张小纸条来。他半身向左转，脸斜对着井田，开始宣读：

"我们今天开会，因为必须开会！"他把"必须"念得很响，而且把一只手向上用力的一伸。台下又鼓了掌。他张着嘴等候掌声慢慢的停止。而后再念：

"我们是文艺家，天然的和大日本的文豪们是一家！"台下的掌声，这次，响了两分钟。在这两分钟里，东阳的嘴不住的动，念叨着："好诗！好诗！"掌声停了，他把纸条收起去。"我的话完了，因为诗是语言的结晶，无须多说。现在，请大文豪井田先生训话！井田先生！"又是极深的一躬。

井田挺着身，立在桌子的旁边，肚子支出老远。看一眼天花板，看一眼招弟，他不耐烦的一摆手，阻住了台下的鼓掌，而后用中国话说：

"日本的是先进国，它的科学，文艺，都是大东亚的领导，模范。我的是反战的，大日本的人民都是反战的，爱和平的。日本和高丽的，满洲国的，中国的，都是同文同种同文化的。你们，都应当随着大日本的领导，以大日本的为模范，共同建设起大东亚的和平的新秩序的！今天的，就是这一企图的开始，大家的努力的！"他又看了招弟一眼，转身坐下了。

东阳鞠躬请菊池致词。瑞宣在大家正鼓掌中间，溜了出来。

出来，他几乎不认识了东西南北。找了棵古柏，他倚着树身坐下去。他连想象也没想象到过，世界上会能有这样的无耻，欺骗，无聊，与戏弄。最使他难过的倒还不是蓝东阳与大赤包，而是井田。他不单听过井田从前的讲演，而且读过井田的文章。井田，在十几年前，的确是值得钦敬的一位作家。他万没想到，井田居然也会作了日本军阀的走狗，来戏弄中国人，戏弄文艺，并且戏弄真理。由井田身上，他看到日本的整部的文化；那文化只是毒药丸子上面的一层糖衣。他们的艺术，科学，与衣冠文物，都是假的，骗人的；他们的本质是毒药。他从前信任过井田，佩服过井田，也就无可避免的认为日本自有它的特殊的文化。今天，看清井田不过是个低贱的小魔术家，他也便看见日本的一切都是自欺欺人的小把戏。

想到这里，他没法不恨自己，假若他有胆子，一个手榴弹便可以在大殿里消灭了台上那一群无耻的东西，而消灭那群东西还不只是为报仇雪恨，也是为扫除真理的戏弄者。日本军阀只杀了中国人，井田却勒死了真理与正义。这是全人类的损失。井田口中的反战，和平，文艺，与科学，不只是欺骗黑毛儿方六与周四宝，而也是要教全世界承认黑是白，鹿是马。井田若成了功——也就是全体日本人成了功——世界上就须管地狱叫作天堂，把魔鬼叫作上帝，而井田是天使!

他恨自己。是的，他并没给井田与东阳鼓掌。可是，他也没伸出手去，打那些无耻的骗子。他不但不敢为同胞们报仇，他也不敢为真理与正义挺一挺身。他没有血性，也没有灵魂!

殿外放了一挂极长的爆竹。他无可如何的立起来，往园外走。两只灰鹤被爆竹惊起，向天上飞去。瑞宣又低下头去。

题目为编者加。选自长篇小说《四世同堂》，

写于1944年前后

大东亚无法共荣

他们有很好的小动作，可是他们的戏失败了

在日本人想：用武力劫夺了土地，而后用汉奸们施行文治，便可以稳稳的拿住土地与人民了。他们以为汉奸们的确是中国人的代表，所以汉奸一登台，人民必定乐意服从，而大事定矣。同时，他们也以为中国的多少次革命都是几个野心的政客们耍的把戏，而人民一点也没受到影响。因此，利用不革命的，和反革命的，汉奸们，他们计算好，必定得到不革命的，和反革命的人民的拥护与爱戴，而上下打成一片。他们心目中的中国人还是五十年前的中国人。

以北平而言，他们万没想到他们所逮捕的成千论万的人，不管是在党的，还是与政党毫无关系的，几乎一致的恨恶日本人，一致的承认孙中山先生是国父。他们不能明白这是怎么一回事，因为他们只以自己的狂傲推测中国人必定和五十年前一模一样，而忽略了五十年来的真正的历史。狂傲使他们变成色盲。

赶到两个特使死在了北平，日本人开始有了点"觉悟"。他们看出来，汉奸们的号召力并不像他们所想象的那么大。他们应当改弦更张，去掉几个老汉奸，而起用几个新汉奸。新汉奸最好是在党的，以便使尊孙中山先生为国父的人们心平气和，乐意与日本人合作。假若找不到在党的，他们就须去找一两位亲日的学者或教授，替他们收服民心。同时，他们也须使新民会加紧的工作，把思想统制起来，用中日满一体与大东亚共荣，代替国民革命。同时，他们也必不能放弃他们最拿手的好戏——杀戮。他们必须恩威兼用，以杀戮配备"王道"。同时，战争已拖了一年多，而一点看不出速战速决的希望，所以他们必须尽力的搜刮，把华北所有的东西都拿了去，以便以战养战。这与"王道"有根本的冲突，可是日本人的心里只会把事情分开，分成甲乙丙丁若干项目，每一项都须费尽心机去计划，去实行，而不会高视远瞩的通盘计算一下。他们是一出戏的演员，每个演员都极卖力气的表演，而忘了整部戏剧的主题与效果。他们有很好的小动作，可是他们的戏失败了。

题目为编者加。选自长篇小说《四世同堂》，
写于1944年前后

英国人的算盘

战争与暴力使个人的喜恶与国家的利益互
相冲突

日本人，在这时候，开始在天津和英国人捣乱。富善先生的脖子扯动得更厉害了。他开始看出来，日本人不仅是要灭亡中国，而且要把西洋人在东方的势力一扫而光。他是东方化了的英国人，但是他没法不关切英国。他知道英国在远东的权势有许多也是用侵略的手段得来的，但是他也不甘心就把那果实拱手让给日本人。在他的心里，他一方面同情中国，一方面又愿意英日仍然能缔结同盟。现在，日本人已毫不客气的开始挑衅，英日同盟恐怕已经没了希望。怎办呢？英国就低下头去，甘受欺侮吗？还是帮着一个贫弱的中国，共同抗日呢？他想不出妥当的办法来。

他极愿和瑞宣谈一谈。可是他又觉得难以开口。英国是海上的霸王，他不能表示出惧怕日本的意思来。他也不愿对瑞宣表示出，英国应当帮助中国，因为虽然他喜爱中国人，可是也不便因为个人的喜恶而随便乱说。他并无心作伪，但是在他的心的深处，他以为只有个贫弱而相当太平的中国，才能给他以潇洒恬静的生活。他不希望中国富强起来，谁知道一个富强了的中国将是什么样子呢？同时，他也不喜欢日本人用武力侵略中国，因为日本人占据了中国，不单他自己会失去最可爱的北平，恐怕所有的在中国的英国人与英国势力都要同归于尽。这些话，存在他心中，他感到矛盾与难过；说出来，就更不合体统。战争与暴力使个人的喜恶与国家的利益互相冲突，使个人的心中也变成了个小战场。他相当的诚实，而缺乏大智大勇的人的超越与勇敢。他不敢公然道出他完全同情中国，又不敢公然的说出对日本的恐惧。他只觉得已失去了个人的宁静，而被卷在无可抵御的混乱中。他只能用灰蓝色的眼珠偷偷的看瑞宣，而张不开口。

题目为编者加。选自长篇小说《四世同堂》，
写于1944年前后

一号女人

不必怀疑我！我不是平常的日本人

　　当邻居们都正注意冠家与文家的事的时候，一号的两个日本男人都被征调了走。瑞宣觉得这比晓荷与招弟的被捕更有意义。冠家父女的下狱，在他看，不过是动乱时代的一种必然发生的丑剧。而一号的男人被调去当炮灰却说明了侵略者也须大量的，不断的，投资——把百姓的血泼在战场上。随着士兵的伤亡，便来了家庭的毁灭，生产的人力缺乏，与抚恤经费的增加。侵略只便宜了将官与资本家，而民众须去卖命。

　　在平日，他本讨厌那两个男人。今天，他反倒有点可怜他们了。他们把家眷与财产都带到中国来，而他自己却要死在异域，教女人们抱一小罐儿骨灰回去。可是，这点惋惜并没压倒他的高兴。不，不，不，他不能还按照着平时的，爱好和平的想法去惋惜他们；不能！他们，不管他们是受了有毒的教育与宣传，还是受了军阀与资本家的欺骗，既然肯扛起枪去作战，他们便会杀戮中国人，也就是中国人的仇敌。枪弹，不管是怎样打出去的，总不会有善心！是的，他们必须死在战场上；他们不死，便会多杀中国人。是的，他必须狠心的诅咒他们，教他们死，教他们的家破人亡，教他们和他们的弟兄子侄朋友亲戚全变成了骨灰。他们是臭虫，老鼠，与毒蛇，必须死灭，而后中国与世界才得到太平与安全！

　　他看见了那两个像磁娃娃的女人，带着那两个淘气的孩子，去送那两个出征的人。她们的眼是干的，她们的脸上没有任何表情，她们的全身上都表示出服从与由服从中产生的骄傲。是的，这些女人也该死。她们服从，为是由服从而得到光荣。她们不言不语的向那毒恶的战神深深的鞠躬，鼓励她们的男人去横杀乱砍。瑞宣知道，这也许是错怪了那两个女人：她们不过是日本的教育与文化制成的磁娃娃，不能不服从，不忍受。她们自幼吃了教育的哑药，不会出声，而只会微笑。虽然如此，瑞宣还是不肯原谅她们。正因为她们吃了那种哑药，所以她们才正好与日本的全盘机构相配备。她们的沉默与服从恰好完成了她们男人的狂吼与乱杀。从这个事实——这的确是事实——来看，她们是她们男人的帮凶。假若他不能原谅日本男人，他也不便轻易的饶恕她们。即使这都不对，他也不能改变念头，因为孟石，仲石，钱太太，小崔，小文夫妇，桐芳，和他的父亲都千真万确的死在日本人手里。绕着弯子过分的去原谅仇敌便是无耻！

　　立在槐树下，他注视着那出征人，磁娃娃，与两个淘气鬼。他的心中不由的想起些残破不全的，中国的外国的诗句："一将功成万骨枯；可怜无定河边骨；谁没有父母，谁没有兄弟？……"可是，他挺着脖子，看着他们与她们，把那些人道的，崇高的句子，硬放在了一边，换上些"仇恨，死亡，杀戮，报复"等字样。"这是战争，不敢杀人的便被杀！"他对自己说。

　　一号的老婆婆是最后出来的。她深深的向两个年轻的鞠躬，一直等到他们拐过弯去才直起身来。她抬起头，看见了瑞宣。她又鞠了一躬。直起身，她向瑞宣这边走过来，走得很快。她的走路的样子改了，不像个日本妇人了。她挺着身，扬着脸，不再像平日那么团团着了。她好像一个刚醒来的螃蟹，把脚都伸展出来，不是那么圆圆的一团了。她的脸上有了笑容，好像那两个年轻人走后，她得到了自由，可以随便笑了似的。

"早安！"她用英语说。"我可以跟你说两句话吗？"她的英语很流利正确，不像是由一个日本人口中说出来。

瑞宣楞住了。

"我久想和你谈一谈，老没有机会。今天，"她向胡同的出口指了指，"他们和她们都走了，所以……"她的口气与动作都像个西洋人，特别是她的指法，不用食指，而用大指。

瑞宣一想便想到：日本人都是侦探，老妇人知道他会英文，便是很好的证据。因此，他想敷衍一下，躲开她。

老妇人仿佛猜到了他的心意，又很大方的一笑。"不必怀疑我！我不是平常的日本人。我生在加拿大，长在美国，后来随着我的父亲在伦敦为商。我看见过世界，知道日本人的错误。那俩年轻的是我的侄子，他们的生意，资本，都是我的。我可是他们的奴隶。我既没有儿子，又不会经营——我的青春是在弹琴，跳舞，看戏，滑冰，骑马，游泳……度过去的——我只好用我的钱买来深鞠躬，跪着给他们献茶端饭！"

瑞宣还是不敢说话。他知道日本人会用各种不同的方法侦探消息。

老婆婆凑近了他，把声音放低了些："我早就想和你谈谈。

这一条胡同里的人，算你最有品格，最有思想，我看得出来。我知道你会小心，不愿意和我谈心。但是，我把心中的话，能对一个明白人说出来，也就够了。我是日本人，可是当我用日本语讲话的时候，我永远不能说我的心腹话。我的话，一千个日本人里大概只有一个能听得懂。"她的话说得非常的快，好像已经背诵熟了似的。

"你们的事，"她指了三号，五号，六号，四号，眼随着手指转了个半圆。"我都知道。我们日本人在北平所作的一切，当然你也知道。我只须告诉你一句老实话：日本人必败！没有另一个日本人敢说这句话。我——从一个意义来说——并不是日本人。我不能因为我的国籍，而忘了人类与世界。自然，我凭良心说，我也不能希望日本人因为他们的罪恶而被别人杀尽。杀戮与横暴是日本人的罪恶，我不愿别人以杀戮惩罚杀戮。对于你，我只愿说出：日本必败。对于日本人，我只愿他们因失败而悔悟，把他们的聪明与努力都换个方向，用到造福于人类的事情上去。我不是对你说预言，我的判断是由我对世界的认识与日本的认识提取出来的。我看你一天到晚老不愉快，我愿意使你乐观一点。不要忧虑，不要悲观；你的敌人早晚必失败！不要说别的，我的一家人已经失败了：已经死了两个，现在又添上两个——他们出征，他们毁灭！我知道你不肯轻易相信我，那没关系。不过，你也请想想，假若你肯去给我报告，我一样的得丢了脑袋，像那个拉车的似的！"她指了指四号。"不要以为我有神经病，也不要以为我是特意讨你的欢心，找好听的话对你说。不，我是日本人，永远是日本人，我并不希望谁格外的原谅我。我只愿极客观的把我的判断说出来，去了我的一块心病！真话不说出来，的确像一块心病！好吧，你要不怀疑我呢，让我们作作朋友，超出中日的关系的朋友。你不高兴这么作呢，也没关系；今天你能给我机会，教我说出心中的话来，我已经应当感谢你！"说完，她并没等着瑞宣回答什么，便慢慢的走开。把手揣在袖里，背弯了下去，她又恢复了原态——一个老准备着鞠躬的日本老妇人。

题目为编者加。选自长篇小说《四世同堂》，

写于1944年前后

看日本人接骨灰

他已失去那点倔强而良善的笑容。战争改
变了一切人的样子

　　瑞宣，仍然立在门前，听见了小顺儿与妞子的歌声。他
几乎要落下泪来。小孩们是多么天真，多么容易满足！假若
人们运用聪明，多为儿童们想一想，世界上何必有战争呢！

　　回到院中，他的心怎样也安不下去。又慢慢的走出来，
看着一号的门，他才想清楚，他是要看看那两个日本妇人怎
样捧回来骨灰。他恨自己为什么要这样，这分明是要满足自
己没出息的一点愿望——我不去动手打仗，敌人也会死亡！

　　一会儿，他想他必须把心放大一些，不能像苍蝇似的看
到同类的死亡而毫不动心。人总是人，日本人也是人，一号
的男人的死亡也是该伤心的。一会儿，他又想到，假若被侵

略的不去抵抗，不去打死侵略者，岂不就证明弱肉强食的道理是可以畅行无阻，而世界上再没有什么正义可言了么？

他想不出一个中心的道理，可以使他抓着它不放，从而减削了他的矛盾与徘徊。他只能出来进去，进去出来，像个热锅上的蚂蚁。

刚到正午，他看见了。他的眼亮起来，心也跳得快了些。紧跟着，他改了主意，要转身走开。可是，他的腿没有动。

两个日本孩子，手中举着小太阳旗，规规矩矩的立在门外，等着老太婆来开门。他们已不像平日那么淘气，而像是有什么一些重大的责任与使命，放在他们的小小的身躯上。他们已不是天真的儿童，而是负着一种什么历史的使命的小老人；他们似乎深深的了解家门的"光荣"，那把自己的肢体烧成灰，装入小瓶里的光荣。

极快的他想到：假若他自己死了，小顺儿和妞子应当怎样呢？他们，哼，必定扯着妈妈的衣襟，出来进去的啼哭，一定！中国人会哭，毫不掩饰的哭！日本人，连小孩子，都知道怎么把泪存在心里！可是，难道为伤心而啼哭，不是更自然，更近乎人情吗？难道忍心去杀人与自杀不更野蛮吗？

还没能给自己一个合适的回答，他听见了一号的门开了，两扇门都开了。他的心，随着那开门的响声，跳得更快了些。

他觉得，不论怎样，他也应当同情那位老太婆——她不完全
是日本人，她是看过全世界的，而日本，在她心中，不过是
世界的一小部分；因此，她的心是超过了种族，国籍，与宗
教等等的成见的。他想走开，恐怕老太婆看见他；可是，他
依然没动。

老太婆走出来。她也换上了礼服——一件黑地儿，肩头
与背后有印花的"纹付"[1]。走出来，她马上把手扶在膝部，深
深的鞠躬，敬候着骨灰来到。

两个妇人来了，两人捧着一个用洁白的白布包着的小四
方盒。她们也都穿着"纹付"。老婆婆的腰屈得更深了些。两
个妇人像捧着圣旨，脸上没有任何表情，就那么机械的，庄
严的，无情的，走进门去。门又关上。瑞宣的眼中还有那黑
地的花衣，雪白的白布，与三个傀儡似的妇人，呆呆的立着。
他的耳倾听着，希望听见一声啼叫。没有，没有任何响动。
日本妇人不会放声的哭。一阵风把槐叶吹落几片，一个干枝
子轻响了一声。

他想起父亲的死，孟石的死，小文夫妇与小崔的死。哪
一回死亡，大家不是哭得天昏地暗呢？为什么中国人那么怕
死，爱哭呢？是中国的文化已经过熟呢，还是别人的文化还

1　指印有家徽的和服。

没熟到爱惜生命与不吝惜热泪呢?

他回答不出。更使他难堪的是他发现了自己的眼已经湿了。他知道他不应当替他的敌人伤心,他的敌人已杀害了千千万万中国人,包括着他的父亲与弟弟。可是,他也知道,为死亡而难过,也不算什么过错;敌人也是人。

他的心中乱成了一窝蜂。生与死,爱与恨,笑与泪,爱国与战争,都像一对对的双生的婴儿,他认不清哪个是哪个,和到底哪个好,哪个坏!他呆呆的坐在门坎上,看着槐叶随风摆动。

题目为编者加。选自长篇小说《四世同堂》,

写于1944年前后

穷途末路的皇军

住在北平的日本人使出全身解数，要跟中
国人交朋友

夏天，膏药旗飘扬在南海和太平洋。太阳神的子孙，征服了满是甘蔗田和橡胶园的许多绿色岛屿。北平倒很少见得着短腿的日本兵了。他们不敢见天日，来来去去，总在夜晚，因为他们的军装上有补钉，鞋也破了。皇军成了一群破衣烂衫的人。

皇军为了遮丑，到夜里才敢出来；普通的日本人倒不在乎，不怕到处丢人现眼。一些穿着和服、低着头走路的日本娘们，在市场上，胡同里，见东西就抢。她们三五成群，跑到菜市场，把菜摊子或水果摊子围上。你拿白菜，我拿黄瓜，抓起来就往篮子里头塞。谁也不闲着，茄子、西葫芦，一个劲儿地往袖筒里装。抢完了，一个个还像漂漂亮亮的小磁娃娃似的叽叽呱呱有说有笑地各回各家。

配给他们的粮食，虽说比中国人的多，质量也好些，可也还是不够吃。征服者和被征服者都过的是穷鬼的日子。抢最简便，中国警察不管，日本宪兵不问，做小买卖的也不敢拦。

日本娘们的开路先锋是高丽棒子——高级的奴才。他们不单是抢，还由着性儿作践。他们一个子儿不花地吃你几个西瓜，还得糟蹋几个。相形之下，日本娘们反而觉乎着她们不那么下作——她们只是抢东西，不毁东西。

……

德国无条件投降了。

北平的报纸不敢议论德国投降的原因，竭力转移人们的注意力，大讲皇军要作战到底，哪怕盟军打到日本本土，也决不屈服。这种"圣战"的滥调天天都在弹，弹了又弹。

住在北平的日本人使出全身解数，要跟中国人交朋友。他们如今这样做并不是秉承了上司的旨意，而是自个儿的主张。有的日本人死皮赖脸地巴结着要跟中国人拜把兄弟，有的认个北平的老太太当"干娘"。

在这么个时候，日本军方也不得不表示宽容，把一些还没有死利落的犯人放了出去。他们还打监牢里挑出几个没打折骨头的败类，要他们写悔过书，然后打发他们去内地探听和平的消息，散布和平的谣言。说："皇军是爱好和平的，如果中日两国立即缔和，携起手来对英美作战，岂不大大的好？"

题目为编者加。选自长篇小说《四世同堂》，

写于1944年前后

日本投降了

她不再是往日那个爱好和平的老太婆，而
是个集武力，侵略，屠杀的化身

祁老人挣扎着走出院子的时候，三号的日本人已经把院
门插上，搬了些重东西顶住大门，仿佛是在准备巷战呢！

他们已经知道了日本投降的事。

他们害怕极了。日本军阀发动战争的时候，他们没有勇
气制止。仗打起来了，他们又看不到侵略战争的罪恶，只觉
着痛快，光荣。他们以为，即便自己不想杀人，又有多少中
国人没有杀过日本兵呢？

他们把大门插好，顶上，然后一起走进屋去，不出声地
哭。光荣和特权刷地消失了，战争成了噩梦一场。他们不得
不放弃美丽的北平，漂亮的房子与优裕的生活，像囚犯似的

让人送回国去。要是附近的中国人再跑来报仇，那他们就得把命都丢在异乡。

他们一面不出声地哭泣，一面倾听门外的动静。如果日本投降的消息传到中国人耳朵里，难道中国人还不会拿起刀枪棍棒来砸烂他们的大门，敲碎他们的脑袋？他们想的不是发动战争的罪恶，而是战败后的耻辱与恐惧。他们顶多觉得战争是个靠不住的东西。

一号的日本老婆子反倒把她的两扇大门敞开了。门一开，她独自微笑起来，像是在说："要报仇的就来吧。我们欺压了你们八年，这一下轮到你们来报复了。这才算公平。"

她站在大门里头瞧着门外那棵大槐树，日军战败的消息并不使她感到愉快，可也不觉着羞耻。她自始至终是反对战争的。她早就知道，肆意侵略的人到头来准自食其果。她静静地站在门里，悲苦万分。战争真是停下来了，然而死了成千上万的该怎么着呢！

她走出大门来。她得把日本投降的消息报告给街坊邻居。投降没有什么可耻，这是滥用武力的必然结果。不能因为她是日本人，就闭着眼睛不承认事实。再说，她应当跟中国人做好朋友，超越复仇和仇恨，建立起真正的友谊。

一走出大门，她自然而然地朝着祁家走去。她认为祁老人固然代表了老一辈的尊严，而瑞宣更容易了解和接近。瑞宣能用英语和她交谈，她敬重，喜爱他的学识和气度。她的足迹遍及全世界，而瑞宣没有出过北平城；但是凡她知道的，他也全明白。不，他不但明白天下大势，而且对问题有深刻的认识，对人类的未来怀有坚定的信心。

她刚走到祁家大门口，祁老人正抱着妞子转过影壁。瑞宣搀着爷爷。日本老太婆站住了，她一眼看出，妞子已经死了。她本来想到祁家去报喜，跟瑞宣谈谈今后的中日关系，没想到看见一个半死的老人抱着一个死去了的孩子——正好像一个半死不活的中国怀里抱着成千上万个死了的孩子。胜利和失败有什么区别？胜利又能带来什么好处？胜利的日子应该诅咒，应该哭。

投降的耻辱并不使她伤心，然而小妞子的死却使她失去自信和勇气。她转过身来就往回走。

祁老人的眼睛从妞子身上挪到大门上，他已经认不得这个他迈进迈出走了千百次的大门，只觉得应当打这儿走出去，去找日本人。这时，他看见了那个日本老太婆。

老太婆跟祁老人一样，也爱好和平，她在战争中失去了年轻一辈的亲人。她本来无需感到羞愧，可以一径走向老人，然而这场侵略战争使黩武分子趾高气扬，却使有良心的人惭愧内疚。甭管怎么说，她到底是日本人。她觉得自己对小妞子的死也负有一定的责任。她又往回走了几步。在祁老人面前，她觉得自己有罪。

祁老人，不加思索就高声喊起来："站住！你来看，来看看！"他把妞子那瘦得皮包骨的小尸首高高举起，让那日本老太婆看。

老太婆呆呆地站住了。她想转身跑掉，而老人仿佛有种力量，把她紧紧地定住。

瑞宣的手扶着爷爷，低声叫着："爷爷，爷爷。"他明白，小妞子的死，跟一号的老太婆毫不相干，可是他不敢跟爷爷争，因为老人已经是半死不活，神志恍惚了。

老人仍然蹒跚着朝前走，街坊邻居静静地跟在后面。

老太婆瞧见老人走到跟前，一下子又打起了精神。她有点儿怕这个老人，但是知道老人秉性忠厚，要不是妞子死得惨，决不会这样。她想告诉大家日本已经投降了，让大家心里好受一点。

她用英语对瑞宣说："告诉你爷爷，日本投降了。"

瑞宣好像没听懂她的话，反复地自言自语："日本投降了？"又看了看老太婆。

老太婆微微点了点头。

瑞宣忽然浑身发起抖来，不知所措地颤抖着，把手放在小妞子身上。

"他说什么？"祁老人大声问。

瑞宣轻轻托起小妞子一只冰凉的小手，看了看她的小脸，自言自语地说："胜利了，妞子，可是你——"

"她说什么来着？"老人又大声嚷起来。

瑞宣赶快放下小妞子的手，朝爷爷和邻居们望去。他眼里含着泪，微微笑了笑。他很想大声喊出来："我们胜利了！"然而却仿佛很不情愿似的，低声对爷爷说："日本投降了。"话一出口，眼泪就沿着腮帮子滚了下来。几年来，身体和心灵上遭受的苦难，像千钧重担，压在他心上。

虽说瑞宣的声音不高，"日本投降"几个字，就像一阵风吹进了所有街坊邻居的耳朵里。

大家立时忘记了小妞子的死，忘了对祁老人和瑞宣表示同情，忘了去劝慰韵梅和天佑太太。谁都想做点什么，或者说点什么。大家都想跑出去看看，胜利是怎样一幅情景，都想张开嘴，痛痛快快喊一声"中华民族万岁！"连祁老人也忘了他原来打算干什么，呆呆地，一会儿瞧瞧这个，一会儿瞧瞧那个。悲哀，喜悦，和惶惑都掺和在一起了。

所有的眼光一下子都集中在日本老太婆身上。她不再是

新春吉祥

人人念佛

祈禱和平

作者：孙之儁。原载1940年《新民报》。

往日那个爱好和平的老太婆，而是个集武力，侵略，屠杀的化身。饱含仇恨怒火的眼光射穿了她的身体，她可怎么办呢？她无法为自己申辩。到了算账的日子，几句话是无济于事的。她纵然知道自己无罪，可又说不出来。她认为自己应当分担日本军国主义者的罪恶。虽说她的思想已经超越了国家和民族的界限，然而她毕竟属于这个国家，属于这个民族，因此她也必须承担罪责。

看着面前这些人，她忽然觉着自己并不了解他们。他们不再是她的街坊邻居，而是仇恨她，甚至想杀她的人。她知道，他们都是些善良的人，好对付，可是谁敢担保，他们今天不会发狂，在她身上宣泄仇恨？

题目为编者加。选自长篇小说《四世同堂》，
写于1944年前后